U0947466

你的孤独，
比这世界更动人
THE POWER OF
LONELINESS
沈嘉柯
著
華中科技大學出版社
http://www.hustp.com
中国·武汉

**图书在版编目(CIP)数据**

你的孤独，比这世界更动人 / 沈嘉柯著. —武汉：华中科技大学出版社，2019.10
ISBN 978-7-5680-5653-3

Ⅰ. ①你… Ⅱ. ①沈… Ⅲ. ①散文集—中国—当代 Ⅳ. ①I267

中国版本图书馆CIP数据核字（2019）第194282号

**你的孤独，比这世界更动人**
Nide Gudu, Bi Zhe Shijie Geng Dongren

沈嘉柯　著

策划编辑：娄志敏　陈心玉
责任编辑：陈心玉
责任校对：李　弋
封面设计：三形三色
责任监印：朱　玢
出版发行：华中科技大学出版社（中国 · 武汉）　电话：（027）81321913
武汉市东湖新技术开发区华工科技园　邮编：430223
印　　刷：湖北新华印务有限公司
开　　本：880mm × 1230mm　1/32
印　　张：8
字　　数：139千字
版　　次：2019年10月第1版第1次印刷
定　　价：39.80元

浪潮滚滚朝着一个方向，

但总有人照着自己的节奏来活。

众生前行，

而我偏要往后退步。

退到最自我的生活，

留给自己一颗最笨拙的心。

见天地，见众生，都不难。

聪明的人，多读些书，

多经历一些事情，就懂了。

最难的反而是见自己。

若有人握住你的手，

你就不孤独。

若没有人握住你的手，

你就伸出手，

主动去握住对方的手。

“人死后，会去爱你的人心里。”

我们的肉体化为尘埃灰烬，烟消云散。

但是爱着我们的人，会记住我们。

即便是在“千军万马过独木桥”的青春，

也有一些旁逸斜出。

人生永远不像看起来那么整齐划一。

世界上还是有不同的桥，

不同的人去走。

愿你了解富庶丰盛的无聊，

也了解平凡贫穷的痛苦。

愿你勇猛精进，

也愿你平和喜乐。

愿你恰到好处地生活。

PREFACE

# 前言

## 孤独是一种解药

六岁的时候，我喜欢盯着窗外的树影看，树的枝叶被风吹动的时候，影子也胡乱晃悠着。父亲经常出差，母亲上班很晚才回家。我就常常一个人看树的影子。那时候我就在想，人生一世，如果孤独死去，挺悲哀的！

三十六岁的时候，我听着窗外潺潺的春雨声，又想起自己的童年时代。

人与人，真的很不一样。长大以后我才明白这一点。

有的孩子，跟我一样，在幼年时就已经明白太多事情，早熟，敏感，直达人生的本质。在懵懂的同龄人里，势必格格不入，然后孤独。

有的小孩，天真快乐，哪怕活到了三四十岁，仍然一派天真，万事依赖他人。如果时机充分，成为老顽童指日可待。这种人，有福气，也往往是傻瓜。

一个人懂事开窍了，就再也回不去了。所知道的越多，也就越是悲从中来。肉体还不算太老，灵魂白发苍苍。故事还没开始，就望见了结局。花还没开，就为尚未发生的凋零哀叹。

也应该拜时代所赐，节奏太快，社会日新月异，活到了三十六岁的年纪，我的感觉，就像是活了七十二年那么漫长。

到如今的年纪，故人真的就是故人了。认识的朋友，有些已经离开了人世。阴阳相隔，再难叙旧。

少年时代的同学，绝大部分不会再见面。昔日相谈甚欢，再见陌生生疏，不知道从何说起。人生境遇判若云泥，趣味不相投，或者见识差太远，已经无话可说。不如闭嘴。

活着，可真是孤独啊。孤独到无话可说，孤独到，人生得一知己足矣，斯世当以同怀视之。然而，知己永远不会到来，因为世界上最知道你的，唯有你自己。明月来相照，照见的还是明月自己。

我有时候在深夜里，会独自沿着家门口的一条马路走回家。这条路叫民族大道，我看着它曾经熙熙攘攘，道路两边全是小店，年轻的学生们大吃大喝，青春呼啸，闹腾得厉害。

后来这条路整修，挖了个底朝天。所有的店都拆迁了，摧枯拉朽，一家不剩。还给了大学静谧。但是走在这条路上，我因为知道它的前世今生，我每次记忆重返，像是穿过废墟，凭吊前朝的痴心书生。

我的母校叫中南民族大学，我家就在附近。我常常穿过学校，去吃饭，或者看电影。

人生最微妙可怕的，就是一刹那恍惚。我明明买了豆浆油条，走在从前去上课的路上，雾气把衣服都打湿了。我明明坐在从前晒太阳的长椅上，打了个盹，伸个懒腰起来，就可以回宿舍了。

我明明才逃课，走出阶梯教室，穿过阴影密布的羊肠小道……

可我怎么回过神来，十几年就过去了。

我茫然四顾，那些熟悉的景物亦真亦幻，时空记忆混乱交错的那一刻，令人毛骨悚然。我分不清自己身处哪个年代，像是停留在时间的旋涡中，永远无法脱身。

太清醒真实的人生，坚硬如铁，未免难以忍受。人之所以会故地重游，内心深处追寻的，其实就是这种一刹那恍惚的感觉吧。这一刻，我跟自己久别重逢了。

服下了解药，我体内原本至深的孤独，如冰雪融化，被柔软地瓦解。

CONTENTS

目录

## 1…… 成长是学会与孤独作伴

## 2….. 我喜欢自己不甘平凡的样子

## 3..... 越过彷徨，去过自己想要的生活



## 4..... 请相信，总有人在偷偷地爱着你

## 5..... 你的孤独，比这世界更动人

# 第一章／成长是学会与孤独作伴

浪潮滚滚朝着一个方向，但总有人照着自己的节奏来活。众生前行，而我偏要往后退步。退到最自我的生活，留给自己一颗最笨拙的心。

*浪潮滚滚朝着一个方向，但总有人照着自己的节奏来活。*
*众生前行，而我偏要往后退步。*
*退到最自我的生活，留给自己一颗最笨拙的心。*

## 把浴缸摆在卧室里的人

半生之中，常感到孤独。而生命的慰藉，常常以我始料未及的方式出现。

这些年我总在北京跑。一年又一年，以前那个还能够伸手触摸的城市，现在变成了高不可攀的所在。时间改变了一切。

我去参加笔会。去给大学做讲座。

我去领文学贡献奖。去出席星光大赏。

我去给小学的孩子们做讲座。去出版社跟编辑们谈合作。

正式密集的工作之外，偶尔才能和老友聚会。

昔日校园同窗，老友是校报的记者，也是我的学妹。我谈文学，她谈新闻，她向往伟大的无冕之王，我好奇文学的终极意义。我们居然也能聊到一起。

苏东坡说，人生到处知何似，应似飞鸿踏雪泥。岁月匆匆，多年以后再相见，我们都已年过三十，青春不再。

她一直做着记者工作，朋友圈里转发的那些重大新闻报道，我常常看到她的署名。她始终一个人独来独往。

而我一直在写作，写那些涓滴意念，写那些山间不为人知的草木，还有人世不为人注意的平凡人。我早已经辞职，作息时间跟平常人相反。万籁俱寂的时候，我才清醒写作。白昼喧嚣，人们去上班，我则蒙头大睡。

我们并没有太多的联系，也没有经常嘘寒问暖，除非工作需要，从来不打电话。其实有朋友问过，该不会是什么红颜知己的关系吧？

我就“噢”了一声，心中有一丝嘲笑。

准确说，我跟老友，是一种同类之间的赏识，是惺惺相惜，是她还未开口，而我早已懂得。

坦白讲，我有很多的作家同行。但我并不认为很多人配得上“相与细论文”。这跟名气没关系，跟金钱地位也没关系。

只跟一个人眼睛里的光有关系。

我总是默默观察很多人的眼睛。因为当一个人谈起一件事情，而这件事情又恰恰是他骨子里最喜欢的时，他的眸子里，必定有光。

谈到人生的理想时，老友眼里，仍然有光。

这光很珍贵。大地充满灰尘，走着走着，很多人的眼睛里，阴云密布，落满尘埃，忘了自己来时的誓言心志。

一个人如果不曾真心喜欢一件伟大的事业，不曾相信自己追求的道路，那就真等于白活一场。

那一次探望她，时值冬天，整个北京城格外清寂，我在做完一场小学的讲座之后，心中百无聊赖。突然冒出一个念头，不如去拜会一下老友，看看她到底过得怎么样？

这么一个专门做社会调查报道、捍卫道义和公正的女性记者，我对她的日常生活，其实是有一点好奇的。

于是我穿过所住酒店门前的马路，沿着五道口，一直走到清华园。

经过那些热气腾腾的餐厅，我这才想起来，登门拜访，出于最基本的礼仪，总不能空着手呀。我买了一份烤鸡，当作伴手礼。她说别带吃的去，她不肯吃宵夜，毕竟是女生，放不下减肥大业。

我偏要试试她的定力。

她开门迎接我。

早就听说了，在北京租房贵。听到她说跟两个女孩子一起合租，那么狭小的面积，她这个单间就要3000多元，我忍不住叹息了一下：“北京就是这样的，不易居，寸土寸金。”

等我回过神来，放下烤鸡，坐到她卧室里的一张椅子上，环顾四周，整个人惊呆了。

这大概是我人生中最奇妙的“目睹”。

整个卧室最多十平方米，矗立着密密麻麻的书。她就坐在书堆里，像一个皇帝坐在龙椅上。

我必须非常小心，以保持自己转身的幅度不超过五厘米，否则肯定会撞到那些书，掉下来砸到我。我张了张嘴巴，欲言又止。

她马上说：“我知道你在想什么，你放心，不会倒下来的。你肯定想起那条新闻，香港有个开书店的人，被自己书店里的书砸死了，过了好多天才被人发现。再说了，我觉得就算被书砸死，也是世界上最幸福的事情。”

老友还是那个老友，一点儿也没变，对她来说，读书大过天。

她的语速飞快，非常有记者的职业特色。我被她逗得哈哈大笑，差一点笑出眼泪。

因为，在她言之凿凿地说被书砸死也是一种幸福的同时，身边居然有一只标准的实木浴缸。

我从来没有见过，有人在自己的卧室里，放下一只浴缸，而且是在无比紧凑堆满上千本书的卧室。

我发自内心地赞叹："辉哥，你太牛了。"

她笑着嚷嚷："我就是想在家里，舒舒服服地一边泡澡，一边看书。有什么问题吗？我就喜欢看书。"

接下来我跟她交换了角色，我像个记者一样向她各种提问：

请问入水口出水口问题是怎么解决的？

请问你要是出国留学，这个大浴缸打算怎么处理？

请问你该不会当二手物品卖掉吧？

在我一个接一个好奇的疑问之下，她哑然失笑，开始吃我带来的烤鸡。

她说："我走的时候，这些书，原封不动都要带走，都是我的心肝宝贝。"

她说："读书最开心。快给我介绍下你最近几年读的好书！"

时至今日，有多少人如此用心读书？不知道为什么，我忽然被她感动了。

别来已久，不问功名利禄，但问读了什么好书，我这个写书人，甚至也被她鼓舞了。

明明是北京的老小区，明明是陋室，明明书多得快要无立足之地，她一定要按自己最舒服的方式，做自己最喜欢的事，享受读书。所以，会把浴缸摆在卧室里。

这世上总有一些看起来很迂腐的人，内心有着灵透的光。他们做着一些呆呆笨笨的行为，却透着一股庄重肃穆的欢乐。对待自己的精神生活，那么认真，一丝不苟。

她就坐在书山之中，浴缸之旁，给我泡茶。用她最好的杯子，她的艺术家朋友亲手烧制的瓷器，待客奉茶。

曾经有人问我，如何做到出版那么多书，怎么能那么勤奋地写作。

因为我喜欢写啊。出太阳的晴天，喜欢写。下雨的阴天，喜欢写。听音乐的时候，被一段旋律触动，很想写。即便是啃零食的时候，手指头也还在敲着键盘。

有很高的稿费，喜欢写。一分钱稿费都没有的时候，还是想写。

快乐的时候，我想记录下来。哀伤的时刻，除了写作，我还能做什么？于是继续写。

有一次，有报纸专访，问我如何看待生命的尽头这个命题。我想了想，告诉记者，我希望直到生命的最后一刻，我还在写作，然后头一低，跟世界无声地道别。

我的老友，就这么有个性：被书砸死，也当作一种幸福。卧室再小，书再多，也要摆一只浴缸。

与她告辞，满街风很大，吹得我的衣服簌簌作响。天寒地冻，我心中却倍感欣慰。

我喜欢她这种不屈不挠的顽固，**浪潮滚滚朝着一个方向，但总有人照着自己的节奏来活。众生前行，而我偏要往后退。退到最自我的生活，留给自己一颗最笨拙的心。**

沿途后退，发现还有老友这样的同类，我当然不会寂寞。

*岁月很长，不必慌张。仅仅是时间本身，*
*就会把那些凑热闹的人淘洗而去。*
*急功近利的，会飞快消逝。留下来的，总是那些守到最后的。*

## 岁月那么长，何必太慌张

我家门口有一间很小很小的宠物店。十年前，我养过一只小狗，带着小狗去打疫苗的时候，跟开门诊的那对夫妻闲聊。原来他们都是云南一家兽医专科学校毕业的，后来恋爱、结婚，然后在城市一角开店，做动物门诊的业务，给小动物看病，也卖宠物食粮和杂七杂八的用品。

来到大城市的最初几年，他们特别辛苦，因为当时没有多少顾客上门，每月房租、水电交完，只能存下一两千块钱。房价很贵，看中的房子，他们买不起。不过，日子总要坚持下去。

有时候，我晚归，路过他们的店，看见他们忙碌到深夜，笼子里寄放的猫猫狗狗还在闹腾。

再后来，我开始养猫，贪吃的猫吃肉的时候连塑料袋也一起吞了下去。我带着猫去看病，发现顾客陆陆续续变多了。城市里的居民，生活条件不断变好，养宠物的人也多了起来。

于是，那对年轻夫妻的小门诊改名了，叫作宠物医院，他们的生意终于好起来了。那一次又聊起了近况，小夫妻开心地说，就在对面的小区买了一套两居室，终于扎根了。我真心祝贺他们。

这时候，他们旁边新开了一家皇家宠物医院。出于好奇，我去这家新店参观了一下。坐诊的动物医生更加厉害，我看见墙壁上写着的简介，说是中国农业大学相关专业的硕士生。隐隐约约，我开始为那对夫妻的小店忧心。

不过，时间证明，我多虑了。

新店的工作时间，从上午十点到下午六点。远远没有那对守着自己的宠物医院的夫妻勤勉。

有时候，小动物夜里出了意外，宠物主人匆匆忙忙只能去老的宠物医院，哪怕，那对夫妻的宠物医院没有新开的皇家宠物医院的装修漂亮。

就在三年前，皇家宠物医院关门歇业。

小区附近一带，就属那对夫妻的宠物医院规模最大。他们开始招聘员工，店面也翻新装修，变成了特别“高大上”的宠物医院。他家保持着稳定的服务水准，老顾客们也习惯去他家买东西，给宠物看病。

我认识的一位设计师，从前在本城的昙华林开一间小小的店，卖很多精致的小玩意和他自己做的器物。一年又一年过去，再见面的时候，他说在给一位老板设计私人艺术馆。他特别重视这个项目，因为他已经等了很久，做了很多基础装修的活儿，终于接到了可以发挥其艺术特色的单子。

他毕业于美术学院，为了养活自己，先求生存，开店赚钱，接门面商铺的装修生意。其实，大多数顾客的要求都很俗气，是很标准的流水线作业。而他的梦想，是做能够体现美学风格的作品。

隔了两年后，他开始设计一整个别墅项目。准备在一大片树木碧绿、风景绝佳的地方，做出很漂亮的房子。他的兴奋溢于言表。

他的小店仍然开着，不论那条街道上换过多少店面，不管他现在接了多大的生意，设计了多么知名的项目。

我的一个很熟的朋友，他的母亲已年过六十，从前一直自娱自乐，画着花鸟鱼虫。我去他家做客吃饭，看着一卷一卷的画轴堆满书房。不知不觉，有一天老太太开始开班，教授他人绘画。慕名而来的人多了起来，老太太上了新闻报道，画作甚至被送到日本的艺术协会参与交流活动。

但是老太太仍然亲力亲为地教授学员，有一次我在聚会上遇到她，她咳嗽缠身，依然耐心地跟学画的人讲着笔法和用色。就这样，弟子们越来越多。

我在和朋友以及他母亲一起吃饭的时候，听着她母亲的谈吐，和从前退休老太太的状态，完全不一样了。

他母亲说，真的没有想到，自己会成为今天的样子。虽然忙碌、辛苦，但还是很快乐的。最初她只是出于爱好，拜师学习，慢慢地画了二三十年，她变成了一位真正的画家。

这些在我的生活中真实存在的人，他们生平的际遇，特别令我感慨。

**岁月很长，不必慌张。仅仅是时间本身，就会把那些凑热闹的人淘洗而去。急功近利的，会飞快消逝。留下来的，总是那些守到最后的。**

开宠物医院的小夫妻、等待了十几年的设计师、晚年发光的画家老太太，他们的人生，越来越走向丰富繁盛。岁月也教会我们，懂得欣赏那些久久用功和水到渠成。

*那些我不喜欢的，我厌烦的，*
*我抗拒的人生阅历，一点点构成了我。*
*不知不觉，居然功夫就上了身，一出手，还很厉害。*

## 十年前扇过的翅膀

我从小就挺宅，不爱跟其他孩子玩，十七岁那年开始，我在大学法律系的教室听到各种故事，其中很多让我瞠目结舌。

大学时写作很顺利，毕业后去了一家心理学杂志社。

当时，我的单位硬性规定必须值夜班接咨询热线电话，当然，夜晚回家不方便，会给50块钱的车费补助。

好几个同事不乐意，说，为什么不邀请社会义工参与呢？领导回答，社会义工根本没有知识背景，有的自己都有问题，不像你们天天熏陶，有基础。

但是当时的我们，写一篇文章几百元，谁也不乐意浪费时间在这件事上。不过，我有一点好奇心。我之所以选择在这家杂志社工作，就因为怀着对他人的好奇心。说得俗一点，其实是一种写作偷窥欲。说不定有精彩故事呢！

在深夜，我开始跟全国各地无数千奇百怪的人谈心谈人生。比如动不动就有人打电话过来，哭着嚷着要自杀，准备放弃一切。至于失恋的、被父母抛弃的、破产的，层出不穷。

有的故事，让你难过落泪；有的故事，让你愤怒，但这些情绪都得控制好。一般我接到问题后，会按照电话咨询手册的标准回答来应付。应付不了的，请他们明天再打过来。

当然了，我会把搞不懂的问题，隔天询问那些知道怎么回事的同事。

然后我又当了半年记者，一会儿飞去北京采访高级官员，一会儿去小城市参加医学会议，一会儿去山村了解当地人的生活。最终，我变成了一个见多识广的人。

后来，我去很多的大学和知名企业做讲座，登台之后浑然忘我，从不紧张，效果奇佳。我自己都想不到，我当年接热线电话，会锻炼出表达能力。

**那些我不喜欢的，我厌烦的，我抗拒的人生阅历，一点点构成了我。不知不觉，居然功夫就上了身，一出手，还很厉害。**

十年前我扇动翅膀，构成了当下的我。

我最近还常常看《金星秀》。金星的生命太过传奇，她跳了半生舞蹈，年轻的时候恐怕也没有想过自己会开脱口秀，还那么红，国内电视节目同时段收视率第一。但是，她出国的经历、跳舞的经历、打工的经历，最后都变成了她脱口秀的重要内容。没有这些多年积累的东西，她拿什么来秀？

有一部电影叫《蝴蝶效应》，我当时看的时候，是当科幻片来看的，但多年以后，我却另有看法。伊万总希望能通过改变自己的过去，来造就满意的当下，但事实上，过去就是过去，牵一发而动全身。

如果当初我完全拒绝了深夜值班接热线电话，我或许就一直埋头编辑稿子沉浸写作，不怎么跟外界进行语言沟通，也就没有后来在讲台上侃侃而谈的我。

人本身才是最大的资源宝库。人生可以规划，并且要努力，但不该死板僵硬去执行，也不要拒绝尝试改变。遭遇失败，要能反思，然后站起来。

*有些人的一生，按部就班，一个风格，一条路线，一种总结。*
*但还有一些人，花样翻新，情节反转，极具戏剧性。*
*他们的人生赚到了更多的体验，仿佛活了好多次。*
*换一种活法，多一次人生。*

## 活了很多次的人

假如，我只是说假如你已经功成名就，已经攀登过高峰，越过了山丘，并且积蓄了一大笔够下半辈子吃饭花销的钱，你会怎么活?

很多人会回答：远离人群，远离尘嚣，找一个美如仙境的偏僻山野之地，盖一座别致的房子，住下来。

这样的事情，张国荣在他红透半边天的时候就曾经做过，他说他在加拿大的大房子里，有山，有云海，仙气十足！日出日落时，偶尔有鹿来吃院子里的花花草草。

第一次看见鹿来了，张国荣觉得很像阆苑仙苑之境。

过了几个星期，那头鹿又来吃花，张国荣只希望它快点走，别来破坏他的植物。

退出娱乐圈时间一久，无聊透顶，张国荣整个人都陷入了郁闷状态。

他这才醒悟，厮杀名利场的香港才是天堂，加拿大这种隐居生活，简直是一种折磨。

后来张国荣复出，时隔两年，开演唱会，那叫一个风情万种，披长发，着最闪的衣衫，留胡子茬，极尽妖娆，独领潮流。

不知道他2003年从文华酒店一跃而下前，可还记得山中闻香而来、悠然食花的那头鹿？红尘中作客，也是做俗世砧板上的肉。没有多少人能够例外。

还有一个明星，一直令我印象深刻，那就是刘晓庆。

小时候看她的《武则天》，霸气侧漏，自少女演到暮年，以她的实际年龄，仍然打扮成花枝招展的少女模样，穿着裙子，却没有丝毫违和之感。

在如今这个新人小花层出不穷的时代，刘晓庆代表了最高的斗志，女明星如果不能维持自己的美貌，就很难吸引到足够多的注意力。

我在一个颁奖活动的现场看到过刘晓庆。

当走红毯的时候，摄影师们的闪光灯咔嚓咔嚓，我看见刘晓庆非常享受地摆出各种姿势，坦然接受摄影师们的菲林。而摄影师们拍其他人的时候，都没有这么积极热情。照片一出来，骂刘晓庆是个老妖精的人，网上到处都是。

但是她这也是在做自己，她那么开心，就像她曾经呼风唤雨的电影、电视江湖一样。

又想起富二代李叔同，少年时代读四书五经，出国留学，热爱话剧，各种花样，玩得不亦乐乎。

28岁首演《茶花女》，李叔同在剧中反串，演女主角玛格丽特，引起极大反响。

人到中年，李叔同玩了一票更大的，他厌倦了折腾，39岁时剃度出家，法号弘一法师。

出书、写歌、持戒，你很难把这些统统加诸在一个人身上，他的后半生文艺事业兼顾了严格修行。

富家子直接出家这一点，很有佛门风范，也是有历史渊源的。

乔达摩·悉达多是舍卫国净饭王的儿子，爹是国王，儿子自然就是王子了，生活富庶无比，享尽荣华。忽有一日，因困扰于生死问题而出家，最后在菩提树下顿悟。

**有些人的一生，按部就班，一个风格，一条路线，一种总结。但还有一些人，花样翻新，情节反转，极具戏剧性。他们的人生赚到了更多的体验，仿佛活了好多次。**

**换一种活法，多一次人生。**

*在孤单和不孤单之间，不是那么绝对对立，无立足之地。*
*孤单在，就让它在。*
*我们还是会寻找，还是会等待，就当孤单是一只小宠物，*
*摸摸脑袋，由着它作陪。*

## 孤独是生命的礼物

1999年，我念大一。那时候，学校门口的小商贩都还在，熙熙攘攘一条街，吃喝玩乐，什么都有。

当时我才17岁，一心读书考试，懵懂无知。圣诞节，平安夜，忽然之间，发现同学之间好多情侣浮出水面，成双成对，进进出出。于是我懂了什么叫孤单。

十年后，2010年，我写了一篇小小的短文《圣诞忆旧记》。我把这篇短文，收录到了我的很多书里：

我记得世纪之初的那年圣诞节，宿舍空荡荡，我一个人难以忍受孤寂，跑出学校，在外面游荡，卖帽子的、卖玫瑰的、卖手套的、卖围巾的，络绎不绝，生意绝佳。我在一家玫瑰店无聊地看了片刻，店主催促我快买几枝送人。你猜我买了还是没买呢？

没有人教你该怎么面对孤单，尤其是在你目睹世界上有那么多成双入对时。那些街头拥吻的人，那些握紧电话仿佛永远不舍得放下的人，那些站在商店犹豫买什么礼物送人的人，他们是不孤单的。

你呢？

每到特定的节假日，就令你不自在。譬如十二月的圣诞节，充满无限光彩，喧嚣无比，年年如此，别人你侬我侬，你则羡慕嫉妒恨。也许你爱过，但此刻孤单。也许你从来没爱过，此刻依然孤单。

没有人教你，也没人能教你，因为孤单从来不是可以克服的事情。它诞生了，发酵了，蔓延了，覆盖了，像大树的阴影覆盖了树下倚靠的人。没有人阻拦你离开，但你自己停留其中。

在十年后忆旧，回忆起当年的圣诞节，我忽然默默地微笑了。

那年我买了一支玫瑰。

**也许所有的节日，都是最好的节日，也是最坏的节日。因为在月亮下面，有人相聚，就一定有人离散。时光凝聚又散**

**开，我们相逢又遗忘。**

那年我买的玫瑰，没有送人，带回宿舍，枯了，丢了。太可惜了。我很想沿路随机送出去，但我始终没勇气这样做。如果换作十年之后的我，我会嬉皮笑脸地送出去，即便不会成功寻觅到一个恋人。喂，你明白了吗？孤单没有变，孤单也没有被克服，可是人变了，变得柔软了。

**在孤单和不孤单之间，不是那么绝对对立，无立足之地。孤单在，就让它在。我们还是会寻找，还是会等待，就当孤单是一只小宠物，摸摸脑袋，由着它作陪。**

我用十年的人生，明白了第二件东西。孤单从来不是可以克服的事物。所以，我们要学习跟自己相处，跟孤单和平共处。

尤其是，孤单的本质，与恋人、与亲人、与朋友有关，但他们只是外因。内因，是一个人的心境。

而如今，我已经过了三十岁，直奔不惑之年了。去大学做讲座，甚至有同学开玩笑，说我是著名中年作家……要知道，从前的头衔可是青年作家。

2016年的圣诞节，我打开一首淡淡悲伤的歌，记忆忽然涌上来。想起一个老同事。

那同事，是个女孩，我很讨厌她。她像个刺猬，浑身锋利的针。我记忆中最深刻的细节，全国房价开始上涨的时候，我们一群同事聊天，议论着要不要买房。

这个女孩说："你们买那些房子，还不如我家厕所大。"她一句话，简直可以噎死所有人。

她家的确条件优越。她的爷爷，是海军将军。她却从小叛逆，被父母严格管教、狠狠地打大的。她不服输，扛着，被打得更厉害。

当初，她被送到我们杂志社，也是因为桀骜不驯，她的母亲希望借助心理学刊物的熏陶（调教），改善一下她的性格。

我只记得，有一次，我们单位请一个专家老师吃饭，所有同事都在。她戴着耳机，闷头听歌。我们的部门头儿笑着拍她的肩膀，说："还不跟老师打招呼，听话，这可是基本礼貌耶！"

那女孩取下一只耳机，笑着打招呼，另外一只耳机，仍然没拿下来。我问她："听的什么歌呢？"

"很悲伤的曲子，纯音乐。"我"喔"了一声，说："我也挺喜欢纯音乐的。"

她又说："不知道为什么，每次心里很烦，听悲伤的音乐，反而平静了。”

电光石火之间，我明白了。这是一个想做自己的女孩，于是在那些对峙中，一个人，抗衡着全部的家庭意志。

这个过程，一定有伤，一定很痛。

一个家族里有一个强势的老爷子，往往所有晚辈都笼罩在老爷子的影子里。他就像一只桃子的核心一样，他的意志，他说的话，就是金科玉律，左右着所有家人。成为叛逆的孩子，孤军奋战，太需要勇气。

她从孤单中，去借一点勇敢的方式，就是听悲伤的歌。

后来，她结婚生子，一直在那家杂志社工作下去，整个人，变柔软了，快乐了。

人生如果已经如此悲伤，我还有什么可害怕的。在这平静中，我能生出专属自己的力量。

我曾经以为，孤独只是一个人的柔软脆弱。但是，孤独也可以是一个人拥有力量的源头。

在一个人的战斗中，我们学会了跟自己和解，也学到了汲取力量的办法。我们也学会了，纵然天南地北，心中天涯咫尺。

祝你在所有的节日都快乐，愿我的文字，也能借给你一点小宇宙。

*在奥斯维辛之后，人们仍然要继续写诗，*
*要心怀爱意，要坚持信仰的价值和意义，勇敢活下去。*

## 在奥斯维辛之后，还是要写诗

二十世纪最残酷的事情莫过于第二次世界大战，而二战中最残酷最考验人性的地方，莫过于奥斯维辛集中营。

有个心理学家叫弗兰克，他就完完整整经历了二战，并且，他还被关进了集中营。漫长的牢狱生涯，使得他除了活着，几乎一无所有。

在法西斯的集中营里，德国纳粹杀人如麻，大量用毒气滥杀无辜的人。弗兰克也不例外，他的人生被摧毁，他的父母、哥哥、妻子，要么死在牢狱，要么被送入煤气间。

在集中营里，有的人麻木不仁，陷入自我保护机制，这是为了避免痛苦，最终变成行尸走肉。还有人彻底放弃了人类的尊严，变成动物禽兽一样，抢夺食物，抢夺死去的人的遗物。二战结束后，集中营幸存下来的人，基本上精神都出现了问题，留下了严重的创伤后遗症。有人崩溃自杀，有人变成恶魔，要疯狂杀人复仇。

但是，也有人坚持了下来，回归了正常的生活，弗兰克就是其中之一。弗兰克思念他的妻子，怀着深深的爱活了下来。他想活着看看，这个世界到底走向何方。

在弗兰克看来，人最应该关心的并不是获得快乐或逃避痛苦，而是了解生命的意义，如果某种生活有意义，即使需要人们为它付出代价，人们也会为它去受苦。

德国哲学家阿多诺有一句大名鼎鼎的话："在奥斯维辛之后，写诗是野蛮的。"我年轻的时候读到，觉得很有道理。人类经历了那么恐怖的屠杀，怎么还能文质彬彬地写诗？

但随着年纪渐渐增长，人生阅历和经验更加丰富之后，我确信，弗兰克才是对的。**在奥斯维辛之后，人们仍然要继续写诗，要心怀爱意，要坚持信仰的价值和意义，勇敢活下去。**

弗兰克在被关进集中营之前就拿到了美国签证，可以离开危险的欧洲，躲到美国去。但是他舍不得抛下父母，他选择留下来，和家人一起面对死亡危险。

后来，弗兰克用自己的亲身经历，发明了"意义疗法"，终身致力于帮助那些在集中营中受过创伤的人。

赋予生命意义，是人类最高的文明。

其实古今中外，对于生命意义的感受，都是相通的。最典型的就是爱情。

有首老歌唱道：“人海之中，找到了你，一切变了有情义。人生匆匆，心里有爱，一世有了意义。”

《水浒传》第二十回，有这么一段话，形容女人为了爱情而表现出的勇猛：“若是她有心恋你时，身上便有刀剑水火也拦她不住，她也不怕。若是她无心恋你时，你便身坐在金银堆里，她也不睬你。”

这就是爱情的意义。

这就是生命的意义。

*在种种体验里，我们的人生获得最大意义的完满。*
*每一种经历，都被赋予意义。*

## 这世界只有一个我

有一种宇宙观是许多人常常使用到的“心灵药水”。人生失意，诸般失落，因此去攀登高峰，比如珠穆朗玛峰。因此仰观天文，看看星空。

就说看星空吧！在宇宙中大约有十亿个星系。银河系大约由4500多亿颗恒星、星云等星际物质和各种射线组成。太阳在银河系中只是一个中等恒星，而地球，只是太阳管辖的一颗小小的行星。

看着看着，宇宙多么浩瀚，星空多么辽阔，世界太过广大，因此，个人的一点点烦恼又算什么呢！因此，感觉到内心平静了。

但是，很快，真的是没有多久，一旦返回到喧嚣城市里，返回复杂人际关系，返回到膨胀欲望的追求里，就继续重复开始痛苦。

因为离开了那个“对比”的环境。

原先觉得大的宇宙，顿时消失不见，被忽略，被遗忘在脑后。

比较之下非常狭小的个人烦恼，顿时扩大，被放大镜照了又照，烦恼痛苦卷土重来。嗯，看来最好再次计划一次对比旅行或对比观看。

这种宇宙观，不是不奏效，只是，好像总透露着治标不治本的味道。

而另一种宇宙观。便是：地球只有一个我。

朱德庸漫画《绝对小孩》里其中一章是：上课的时候，老师说，我们只有一个地球，所以我们要好好爱护它。披头想了想，举手就说，老师，地球只有一个我，所以你要好好爱护我。

只有一个我，也只有一个你，在这个蔚蓝色星球上。

所以，你、我，都是最重要的。需要彼此好好爱护，需要自己好好爱护自己。深层涵义是：爱护身体，保持健康，被爱护心灵，被好好爱。

而爱护自己的宽广涵义，还包括，我们必须良好完成一整段的人生。在完成的这个过程中，体验是最重要的。首先我们要好好活着，其次我们要尽量不要去伤害别人。在此两个人类基本的伦理道德之外，我们应该，去体验所有的快乐，去体验所有的悲伤，去体验考试失败，去体验工作落后，去体验夜半观星，去体验雨中接恋人，去体验等待放学，去体验用功投入，去体验失恋憔悴，去体验斗志高昂。去尽可能多地体验那些人世间的事情。

与此同时，不要被这些体验所局限，沉湎其中，像活水那样，流淌不歇，直到永远。

**在种种体验里，我们的人生获得最大意义的完满。每一种经历，都被赋予意义。**

这样的宇宙观，是不是更加贴近我们的灵魂？这种宇宙观压根就丢开了治标和治本。

不必治标，因为痛苦是生命必要构成部分，与快乐相互映照。

不必治本，因为我之为我，独一无二，生命只此一次。即便地球在宇宙里连恒河一沙都不到，但地球只有一个我，宇宙也只有一个我。必须爱护这唯一的有时限的存在。本着推己及人和人类社会互惠互利原则，因此应该彼此爱护。

我爱我自己，所以，我必须好好完成我自己的人生。

你不是为了微笑而微笑，为了学业而学业，为了活着而活着，为了工作而工作，由始至终，你是为了成为一个能够感知沉静与快乐，希望与美好的人。

*哪怕岁月漫长，路途迂回曲折，*
*你追逐繁星的过程，会让你不负此生。*

## 追逐繁星的孩子

1

小辉是我大学时代的一个小学妹。我念大三时，她念大二。她在校报做编辑，那时我发表了很多作品，拿了很多奖，她来采访我，写一篇人物报道。

年少的我心高气傲，认为自己文章发遍大刊大报，哪里会去在乎一个校报。我反问她，你最喜欢什么书？

她说最喜欢曼彻斯特写的《光荣与梦想》。这本书，可是新闻界传世之作。我虽然学的是法律，但也久仰大名。

别的新闻系学生多是想找个好工作，这家伙却向往着成为一名伟大的记者。我很佩服，但又带着怀疑。

我们一聊之下，很是投机，平常很少看见这么豪爽大气的女孩，于是一来二去便成了朋友。

后来她决定考研，在读研这件事情上，她是我见过最执着又纠结的人。

第一年她很认真准备，每天都去上自习。背着一大袋书和考研的资料，还有一个大的水壶。遗憾的是那年她没有考上。没办法，她选定的导师，面向全国只招3个人。

第二年她决定换个环境，因为当时她也本科毕业了。第一年没有成功，第二年她压力巨大。同学们纷纷参加工作了，家里人也催促一个女孩子别那么大野心，回去县城考个公务员算了。

当她觉得压力逼得她喘不过气来的时候就来找我诉苦。她说你不是学过心理学吗？别客气，拿我开刀练习分析，顺便给我减减压。我哭笑不得，但还是很讲义气地听她吐苦水。

结果第二年她还是没考上，分数就差那么一点儿。她也快崩溃了，破釜沉舟，决定跟那个学校杠上了。

萎靡不振了小半个冬天之后，她开始第三次攻坚战。这一次，她干脆就跑到北京去，在那个学校附近租了房子。

觉得压力大的时候，她还是会打电话给我，我也没有什么新鲜的招数可以安慰鼓舞她，讲真的，我都被她给弄烦了。我只能跟她说，要想打赢“战争”，身体上不能垮。

她听从了我的建议，先从体能上储备力量，坚定斗志。于是她每天围着学校里面小小的湖跑步，然后再吃点饭，去图书馆泡七八个小时。

我特别不喜欢“皇天不负苦心人”这句俗语，但在这一年，也忍不住在祝福她的时候说了。

其他的同学在职场上摸爬滚打三年，她成了北京大学的一名研究生，开始新一段学生生涯。

原来，她小时候的梦想是进外交部，成为一名外交官。可惜高考前，她本来可以保送中国人民大学，却一心只想考北京大学，落榜后调剂到我们就读的大学。

大学毕业时，她心不甘，再度选择了北京大学。这场属于她个人的“战争”，整整打了3年。

在她终于读完研究生开始找工作的时候，却又达不到外交部的招人条件。时移世易，很多单位招人的门槛逐年在提高。

她回武汉办理户籍手续的时候，我做东请客，我问她最后确定去哪儿工作？她有点尴尬地笑了。她犹豫了半晌，要求我不能笑话她。

我心里纳闷，找工作有什么好笑的。

她告诉我，是《新京报》。

我有点吃惊，真的忍不住笑了出来。

2

我之所以会笑，当然是因为这里面另有故事。

当她大四时，我已经工作了。那时候，她在《光明日报》实习，蹲坐在本地分社办公室，苦于找不到有价值的新闻。我上班的刊物大楼，距离她所在的地方只有一百多米，一天下午她打电话来求助，实在是绞尽脑汁，不知道报道什么。

我也恰好嫌待在办公室太闷，就借外出会见作者约稿的名义，溜出刊物大楼。见到她的时候，我吓了一跳，这家伙满头乱发如杂草，一身汗臭，比男生还邋遢。桌子上堆满了各种报纸，电脑屏幕一片空白。

我笑话她："兄弟，有必要吗？不就是实个习，怎么弄成这副德行。"

还没做正式的记者，就搞得跟个新闻民工似的。

她很无奈，推开报纸说，她的指导老师让她自己找新闻线索，但她翻遍各种新闻，都是一些鸡毛蒜皮的街谈巷议，要么就是一些官方会议。

可我从事的杂志，偏向心理学和文学，和新闻不是一回事。我把她面前的本地报纸翻开，忽然看到一条小学升初中择校热的报道。我指给她看，她不以为然，某报是堂堂大报，写这么小的事情能通过老记者的法眼吗？更别说还要过编辑那一关。

她不想丢脸。

我说："新闻关心大事，但我们作家反而不喜欢宏大的，喜欢细致入微有生活气息的东西。大事不是天天有。民生小事，也能折射社会大风气。你试试看嘛！"

她半信半疑，真试试看去写了。

那篇几百字的小报道，两天后上了头版。她终于有了第一个正式发表的实习作品。

万事开头难，其实难在打破心障。有了第一次发稿，她就放轻松了，陆续发了好几篇头版稿。

她的个性也挺受报社老师欣赏。她的指导老师是资深记者，问她想不想做记者？可以直接推荐她去《新京报》。她去推荐的地方待了几个星期后，心里的梦想之火还在燃烧，还是想读书考研，去考北大。

没想到，她读完北大的硕士，还是去了《新京报》工作。

3

那次饭桌上，我开她玩笑："还不结婚？现在也是过了30岁的人了，感觉怎么样？"

她笑嘻嘻："大不了单身，当大龄剩女，我要当犀利的记者，最近申请调到深度报道部门了。"

我为她担心，劝她想清楚。别看都是无冕之王，做新闻也有很多细分类别。深度调查写特稿，有些需要接触违法犯罪和严重安全事故，这些恰恰是危险度最高的，有的甚至危及生命。真实的采访过程一点不诗意，她一个女孩真的太危险了。

但她说，"我想留下自己的名字啊，写出好的报道，你知道我就是这种人。"

她说的没错，2008年汶川大地震，她一个女孩子，不顾危险跑去灾区做志愿者。在途中，她遇到一支救援队伍，她自发去协助救援搬运。回来后，获得了一纸嘉奖。

她要像《光荣与梦想》里的那些大记者，寻找事实，抵达真相。从国内报道到国外，充分积累实战经验，再去大学或学术机构做研究，做个国际关系的学者。这家伙野心大。外交官的梦想熄灭了，她心里还有另外一个海阔天空的梦想，不曾熄灭。

我也无法再劝她。

有一次网上爆出某起文学界黑幕，全国一片哗然。为了采访当事人，她死缠烂打极力逼迫我去要不熟悉的同行电话。

这种事一而再，再而三，快赶上我另外一个卖保险的同学了。虽然我们是多年老友，但我也不胜其扰。

有一天，一个作家朋友在微信朋友圈发消息说，看到一则报道特别感动。我顺手点开网页，那篇新闻是记者深入某地村庄，采写了一则有关艾滋病孤儿的特别报道。配图里的女记者，正是小辉。

她还是学生时代的打扮，夹克外套，短发，跑鞋，搂着一个神情淡定的孤儿。

那篇报道细致详实，从小处入手，几乎全是白描手法，呈现了一群不幸的孩子的生存状况。她从前在文字里的炫技文笔现在也消失了，把深情与关怀，都收敛在沉静叙述里。

我没有打电话告诉她，你写的真的很赞，我被打动了。我只是默默在心里说，这家伙，终于成长了，成为一个拥有像样作品的真正记者。

在我们文字行业，作品就是最金光闪闪的勋章。铁肩担道义，妙手著文章，任重道远。

4

年轻的时候，人分成三种。

一种人是浑浑噩噩，天天把梦想挂嘴边，上学时翘课睡大觉，工作时又怕吃苦，又想偷懒。做做这份职业，干干那份工作，还没厮杀拼斗一番就投降认输。成年之后只求稳定，有一碗饭吃。很多年过去，再变成怨气冲天的中年人。光阴弹指而过，白了少年头。

另外一种是很早就知道自己喜欢什么，想要什么。心无旁骛沿着一条路走到底，大风大雪，自己一肩扛。甘苦冷暖，闷着头自己知道。最终收获的丰盛闲适，都属于他应得的。

还有一种，一开始不知道自己喜欢什么，后来呢？不知道自己适合做什么。但一路拼一口气，做一件事尽力了，才谈放弃。与此同时，也一直保持学习，为自己添砖加瓦，水火锻炼，走下去，走到柳暗花明又一村。

有人浑浑噩噩，有人少年得志，也有人大器晚成。

人生之旅，殊途同归。到底做什么有意义，过什么生活从不后悔，判断标准在自己心中。就像画油画，一开始打底稿，然后层层叠叠勾描刮涂，中间堆上一团一团的色彩，逐步修饰成型。十多年后，隔远站开观看，轮廓才得以清晰。

她历经艰难的自我认知和选择，顶着社会家庭对女性的压力，三年又三年，未能圆一个外交官的梦。不能直接达成，再通过毗邻的行当绕回去。我听说，从突发事故的爆炸现场，到重大经济案件，都有小辉的身影。

她的“人生油画”是星空，她追逐的是繁星。

小辉同学，愿你摘下闪闪满天星。**哪怕岁月漫长，路途迂回曲折，你追逐繁星的过程，会让你不负此生。**

*人有两个故乡，一个是自己出生的地方，*
*一个是脚步停留下来的地方。*

## *你的心安顿在何处*

我有一个朋友叫阿顺，第一次见面的时候，他十九岁。他一会儿北漂，一会儿南下，我挺惊讶的，小小年纪，已经走了那么多地方。以我的观察，这是个内心丰富，性格内向的孩子。

他有挺大的梦想，所以干脆不念书了，追梦去了。其实我有那么一点作为旁观者的好奇，在我按部就班读书工作的人生里，总是对敢于不走寻常路的人，抱以好奇。

我养猫，有时候聊天提起，他也来了热情，决定也养一只，我表示赞叹同意。猫有特别的灵气，很适合与喜欢安静的人相处。

起初，他在北京上班，但不满意当时的单位，想换更好的工作。于是他回到武汉求职。拜会了各路人士以后，被学历关卡住了，虽然欣赏他的人不少，但很多大型单位，非常介意学历。我为他不平，但也很难改变这个事实。

于是我劝他，其实你的个性很安静，为什么不在西藏好好酝酿，让自己有更丰富的经历，超越学历的障碍。

他最终回到了拉萨，在拉萨的一家报社工作。

大约是在春天中间的时分，他告诉我："林芝的桃花开了，非常美。如果想去看，这是最合适的时候。"简简单单几句话，语气静谧中带着笃定。

原来他去了西藏。

并且，他信佛。

我突然心生羡慕。

非常奇怪，他是我唯一一个从来没听到提及西藏气候不好，高山反应痛苦，生活条件恶劣的朋友。在他的小小世界里，阳光照耀，空气非常干净，人们非常虔诚。

他就像所有拜佛的人一样，去住寺院，吃当地的食物，和老婆婆、小孩子说话。生活节奏放慢下来，就像我后来见到他的样子，慢慢说话，慢慢旅行，慢慢看风景，慢慢写字。我想这大概就叫作契合，他就适合在这样的地方生活和写作。

春节后，他从拉萨长途飞机返回，我们在江城武汉相见的时候，白白净净的男孩儿消失了，变成一个脸颊略有高原红，皮肤黝黑，眼神深沉的年轻人。

如果从外表上看，似乎变得更加憔悴、成熟，但是一开口说话，我就知道，他找到了自己。

他不是那种以为去一次远方，就能洗涤灵魂的人。阿顺去过很多地方，年纪轻轻，行走四方，最后留在了西藏。这不是意外。

**人有两个故乡，一个是自己出生的地方，一个是脚步停留下来的地方。**唯有西藏，成为他信仰意义上的其中一个故乡。

他写的青藏高原的风雪，藏族人的生活，巍峨之美的冰川，都渗透了他深深的感情。不管多晚多黑，天有多冷，他亲眼看着朝圣者和磕头匍匐的信众，伴随着微弱的烛火光芒，另有境界。

当拉萨下雪的时候，他会用手机拍下照片，发给全国各地的朋友。我看他发给我的文字："没有乘车，没有撑着雨伞，只戴着帽子，一个人走着，走到雪中的布达拉宫。"

太有画面感了，刹那之间，我似乎置身遥远的雪域，目睹雨雪中的行人。说到底，这其实就是一种释然的心情，甘愿远离尘嚣，诗意地观望体会。他在能够安顿身心的地方，写他能写的。

就像他曾在我家借住找工作的那段时间，静静的，不吵闹，不聒噪。

在停留下来之前，一个人应该尽可能多地去看这个世界，去听人心中微妙的声音。道路漫长，但你会在刹那之间，抵达你所想抵达的。你我她他，都会殊途同归。

你的脚停在哪里，心就会安顿在哪里。

心安，而后定。

能安静专注的人，才能做好事情。工作上的阿顺，采访了很多人，有在西藏拍戏的明星，有平凡的人家，有祈祷的游客。这些素材积累下来，阿顺在去年出了自己的第一本书，云集国内名家的推荐和好评。我为他开心，这是他的作品，实实在在，属于自己人生的成就，也是一份积累。

我相信，从此他会成为一个在哪里都有能力安顿的人。

*在岁月的河流当中，没有不曾受伤的船，*
*而真正驶向充满阳光彼岸的，*
*恰恰是挺过伤害，化解伤害的船。*

## 受伤的灵魂

城市白天喧嚣结束的时候，就是我接听晚班热线的开始。在每个工作日的晚六点三十分，一直到晚九点。我常常猜想，那些静夜之中，接受我的安慰与建议的人，会不会就是与我擦肩而过的陌生人？

在电话那头，一个陌生的我面前，这些灵魂才会哭泣、悲伤，白日的他们保持着日常的面貌。白日他们对朋友微笑，在亲人面前仿佛没有任何心事，在爱人面前安之若素。可是我知道，那些受伤的灵魂，现在，轻轻取下他们的面具，让我看见他们忧伤的眼神、悲愤的表情、沉闷的心事。

我总是试图唤醒他们内心的理性，在遭遇非理性事件的时候。我总是劝告他们要坚强，那些伤害你的人和事情，也许是无意的，也许是故意的。对于无意的，何必计较在心，对于故意的，你要坚定地反抗。

听过一个男孩的故事，那个伤害他的人，是他最尊敬的父亲，但是他的父亲是错的，他的父亲，用所谓的虚伪的权威，强迫他在生活当中扮演逆来顺受的角色，而不是培养他坚强独立的性格。

男孩说，每次父亲拿眼睛瞪他，他就感觉暴风雨要来了，全身颤栗。父亲会极其愤怒地说，你是怎么回事，怎么又出错。尽管他没错，或者根本不是什么大不了的错。而他总是想，我的父亲也许有他的道理，他是为我好，只是他太严厉了。

如果我见到孩子的父亲，我会告诉他：如果你是真正爱你的子女，那么，请你用正确的表达方式表达你的爱。我能够理解，学会独立与反抗是艰难的，要付出代价，甚至被指责是不孝子。但是，请这个满怀悲伤的孩子记住，爱，没有正确的形式来承载，会走向彼此伤害的歧路。

还有一个年过三十的朋友，他的妻子曾经与他相濡以沫，现在物质条件好了，但却迷恋上网络，不和他交流，双方争吵，觉得对方是不可理喻。家里的事情，都赌气着撒手不管。难道感情已经走到了尽头？不是的。原来他们从来都没有好好交流过，谁也不知道对方内心的真正需要。各自忙碌各自的工作，于是，心灵的协调与沟通淡之又淡。他指责她：为什么不关心家庭，不照顾好孩子，不关心他的生活？

她抱怨他，你又为什么不主动过问，可曾想过一个人成天面对单调乏味的房间，多么无聊？他们都单纯指望一方付出，带着怨气，火药味不断滋长。

我说，其实，生活本是平常茶饭，是细节上的相互关怀，是彼此对等的呵护与关心。谁也不应该一味指责对方。为什么不是一起去努力，共同寻找回失落的温情？电话那头沉默许久，在一声“谢谢”里结束。

我常常追随他们的情绪而波动，甚至内心感觉疼痛。这起源于对生命本身的怜悯与共鸣。我该用什么来帮助他们？除了爱，还有理性。为什么这么多人不幸福？也许他们还没有真正理解幸福的含义。

幸福如同植物，是需要细致浇灌的。每个人在成长当中，多少都会有一些伤害，那么伤害就是你灵魂上的疤痕，必然会疼痛，但是因为伤害，我们才学会爱惜自己和珍惜他人，学会包容与坚韧。**在岁月的河流当中，没有不曾受伤的船，而真正驶向充满阳光彼岸的，恰恰是挺过伤害，化解伤害的船。**

通过一根电话线，我告诉那些陌生的人，要学会“自疗”——自己给自己进行治疗。别人只能协助你，但你最终要抛弃别人伸出的那根拐杖，学会自己抚慰自己的灵魂。许多个求助者，会问我，应该怎么做。而这个问题应该问你自己。

我能够帮助你分析利弊，能够分担你的情绪，协助你寻找根源，但是我无法为你做出判断与决定。因为那会妨碍你的灵魂走向独立。

下一个夜晚来临的时候，一切寂静下来。电话再响起，一直到最后一声“再见”，我希望，那些受伤的灵魂，渐渐学会不用从别人的身上去寻找信仰与判断。学会自己坚强地面对，勇敢而果决，不因为苦难而放弃努力，多发现温暖而善待自己。独立与自主、坚强与自爱，是所有灵魂得以安宁，并且得到平安喜乐的必要路径。

# 第二章／我喜欢自己不甘平凡的样子

人本身才是最大的资源宝库。人生可以规划，并且要努力，但不该死板僵硬去执行，也不要拒绝尝试改变。遭遇失败，要能反思，然后站起来。

*人生的寂寞来自岁月默然无声流逝，*
*相遇别离的际遇，一蔬一饭的家常，那些感受，*
*恰恰是滋养写作的素材。*

## 喜欢一件事，便不会寂寞

有一次给写作班的学员上课，有个学员问我：在这个浮华社会，要耐得住寂寞，守得住清贫，专注写好作品，真是不容易。很多人都希望快速成功，快速出书，于是我们关注的焦点成了阅读量和粉丝。你是怎么坚持写作的？

他真的误会了。

因为他的提问，我想起前一天看到的一个新闻。

中国第五代导演田壮壮新拍了一部电影，口碑很好。记者问他：“田壮壮先生，在这么漫长的岁月当中，你怎么耐得住寂寞，获得了今天的成就，有这样的导演水准？”

田壮壮立刻就把话头接过去，澄清说：“我这些年并不寂寞。”

我当时看了哈哈大笑，觉得很好玩。

很显然，记者的思路和提问真的特别俗套。一说到创作，就是清贫，一说到艺术，就是耐得住寂寞。仿佛天底下的作家都是一个模子。

与其说一个作家耐得住寂寞，守得住清贫，不如说，如果你真正喜欢文学，喜欢你所做的事情，是不会寂寞的。

哪怕以写作为主业，人生中也有很多其他事情，同时在进行。

纳博科夫写小说之外，还玩蝴蝶，去郊外收集蝴蝶制作标本，还在学校授课。

鲁迅一生写了一千多万字的文章，还在大学教书，自己画封面，收藏拓文，校对古籍，翻译外国文学，还常常下馆子跟朋友们吃喝玩乐聚会，还资助了很多文学青年。

不要因为自己从事了写作，就觉得多么高高在上，别的事情都不能做，都不肯做。

我每次看书，都感叹，那么多好玩的思想、深刻的人，通过书跟你相逢，你怎么会寂寞呢？写出一首真心实意的诗歌，写出一篇称心如意的短文，多快乐。

真正喜欢文学的人，会享受创作的过程。文学是水到渠成、自然而然的一个过程。

我常常遇到有人问我怎么坚持写作到现在，我说谈不上坚持。写作很快乐，写作也很幸福。你就一直在写，一直在写，不知不觉就写了非常多的作品，不知不觉你就坚持下来，获得了很多喜欢。

所谓的坚持，其实就是一种筛选。

社会浮华不浮华，与我何关？我只管写我想写的东西。

真的喜欢一件事，你不会觉得寂寞，也不会觉得清贫。

我所认识的作家朋友们，有很多人，每个月只写五六篇文章，同时还在上班，有一份工资，还有一些稿费，日子自得其乐，种花种菜养猫，自己下厨做饭，生活很有温暖的烟火味道。日积月累，他们也写出几本好书，博得喜爱，也有不错的业内口碑。

付出的真心，写出的好作品，会被有心的读者感受到，获得社会的认可。

凡事勉强就很痛苦，写作本身就变成折磨和煎熬了。

名利也好，声誉也好，这些东西是强求不了的。你用心写出好作品，别摆架子，别矫揉造作，别自视清高，让大众看见你的作品，自然而然，总有一些酬劳，读者也会一直喜欢你的文字，一直读下去。

平和地用功，而不是勉强自己去耐得住寂寞。

其实真正的寂寞，和写作无关。**人生的寂寞来自岁月默然无声流逝，相遇别离的际遇，一蔬一饭的家常，那些感受，恰恰是滋养写作的素材。**

*只要你拿起手机阅读，只要你开始阅读，*
*那就是阅读本身。积累到一定数量，*
*珍珠就不只是串一条珍珠链了，而是珍珠海。*

## 读书这件事最大的真相

有一年世界读书日，我在成都做新书发布会，那天围绕我的新书发布会，还有一个辩论活动，辩题是“我们应该选择碎片化阅读，还是深度有体系的阅读呢？”

当地报纸记者也问我，怎么看待现在的阅读矛盾？

我说，我特别支持特别赞同碎片化阅读。这些年，碎片化阅读被污名化得太厉害了。

因为手机电脑普及后，其实让更多本来不怎么阅读的人，也开始阅读了。人的阅读需求，是分阶段的。先消化容易的，再啃骨头。先看零敲碎打有趣好玩的，入门了，被深深地吸引了，然后胃口被吊起来，自然忍不住去深入阅读，想搞清楚深层次的东西。

这就跟我们逛街，路过蛋糕店，店员邀请你试吃一样。对胃口，喜欢吃的东西，我们试吃了，就忍不住长年累月开始购买。

在那个辩论赛上，我是评委，我选择了支持碎片化阅读。

我跟对方辩论队说，我特别希望你们打败我们这一队，因为我是以出版实体书为生的作家，你们赢了，就说明大家都会去支持买书，进行全书的阅读。而不是在手机上看个零碎几篇，挑几个喜欢的段落句子发发微博，根本不买书了。

“碎片化阅读”有个要区分的重点。什么是碎片化？到底是指利用零敲碎打的时间呢，还是只看零碎的文章？

举个例子，在地铁上十分钟看几千个字，陆陆续续看个十几天，看完了一整本书。这属于碎片阅读还是完整阅读？

所以大家所说的碎片化阅读，更倾向于指的是零敲碎打看一点局部内容。看过的碎片，无法在最后组成一个整体。

那唐诗宋词怎么办？本来就只有几十个字，再怎么阅读，也就几分钟。坐公交车瞟两眼就能读一遍，在地铁上看一遍，也就是坐一站的时间。少年时代十几分钟背下来，中年以后有人生阅历了，几分钟领悟了，这算什么阅读呢？

现在很多手机阅读，一两千字，本来就已经是完整文章，完整的体系了。我觉得这才是重点。

我还要告诉大家一个事实，信息传播和技术是密切联系的。因为有了印刷技术发展，才会有了那么多纸书。因为有了杂志，才有那么多短篇小说。因为有了手机，才会有千字文流行。

从前的作者特别爱写大部头著作，厚得砸死人，是因为一本书需要那么多字，书商才好定价卖给读者。很多欧洲国家的大文豪直言不讳，字越多，稿费越多。字多了，书才厚，定价高，版税才高。字多了，读者才能慢慢看打发时间，买到觉得赚到了。

就好像金庸小说的连载，是为了帮助《明报》的销量。故事拖得越长，报纸卖得越好。这跟今天的网文模式是一回事。只不过金庸知识渊博文笔好，有思想有文化，故事写得更高级。

过去的时代没什么娱乐消遣，看书就是最大的娱乐。一本厚砖头文学小说，环境描写可以几万字，心理描写十几页。普鲁斯特那套“臭名昭著”的《追忆似水流年》就是典型例子。据说畅销全世界百年，然而至今看完全书的没多少人。

我真的被坑了很多次，我常常在网上买了一堆书，看书名非常有内容，拿到手发现几十万字的书，十万字就能说清楚，是作者自己控制不住话痨，不够精练。有些十万字的书，其实几千字就能说清楚。

阅读本身，也是因人而异的事情。你觉得一整本书看完很好，很体系化，但是我要是就喜欢其中一小部分，只爱看那一小部分，只有那一小部分对我有用，我干吗浪费时间看完全书？

我自己就是资深文字工作者，对书太了解。说“碎片化阅读”不好，其实是个很可疑的伪命题。

你在手机上看的只言片语，也许跟你在电影里看的情节结合，造就了你的深度领悟全面观察。你在微博微信看的一篇博文，跟水果店老板问到的水果分辨知识结合，也许造就了你的生活品质的提高。

我们现在已经不是单一渠道获得信息，往往是多方面渠道获得的信息，融合一体。

你在地铁上看一段电子书，一句温暖的话，也许就成为你失恋时，对心情的慰藉。你吸收的知识碎片，用在了你需要的时候，配合你个人的领悟，那就是全部。坐高铁的时候看几页纸书，如果书好看，肯定能吸引你读完。

在没有手机电脑智能阅读装备的年代，绝大多数人看书，其实也是很随意的。除非是为了考试和做研究，除非时间充足，书很精彩，长篇悬疑推理很勾人胃口，才会一口气看完。

我自己看书就一个原则：风吹哪页读哪页。喜欢就看，不喜欢就丢开。

正常的人性，正常的阅读，本来就是碎片式的。钱钟书看书都是边看边做笔记，什么书都看，这看一点，那看一点，不爱看的丢一边，慢慢积累的。何况我们寻常人？

**只要你拿起手机阅读，只要你开始阅读，那就是阅读本身。积累到一定数量，珍珠就不只是串一条珍珠链了，而是珍珠海。**

*世界之大，万物皆可写。世界之小，微尘缥缈，*
*能不能一粒尘埃见天地众生和自己，*
*全看你的个人造化。*

## 当你想写作时，先试试母题

很多人问我该如何写作。有些是我的读者，有些是文学爱好者，还有一些是上过我的写作课的学员。

其实我觉得作家是不可教的，根本教不出来，全凭个人修行，自己摸索。但写作训练是可以教的，这一点，类似于大街上的美术馆，免费对外开放，每个人都可以去看，去参考，去琢磨，你领悟到什么，就是什么。

作家不可教，写作却可以。

我有一个很简单的写作训练作业，会布置给来咨询我的人。

文学是人学，是人，就有一些跟大多数人密切相关的母题。类似于哲学研究，总要思索宇宙亘古的由来。这种东西，叫母题。

这是两个趋向于永恒的文字，在汉语言的那些异常斑斓而富有光彩的方块里面。她就像是孕育一切的混沌。从那些看来相似而模糊的词语，衍生出我们全部的文学艺术。

每一个母题都意味着千百年吟咏不尽的诗情画意。母题是我们从童年出生，迈过青年的活泼健壮，行走到暮年的风烛残年，所有不离不弃的情怀。

母题也是成千上万的作家们都写过的主题。

生而为人，必然领悟。

母题就是：暮春、初夏、深秋、晚冬，童年、少年、青年、暮年，江南、故乡、月亮、星辰，河流、江湖、天地、山川，爱情、亲情、孤独、寂寥……每一个母题在我轻微的声音念出来时，都弥漫着馥郁与芳香。

当我说起童年，就是我的整个身体与灵魂纠缠在旧日那些至今或者永远不知道姓名而葳蕤生长的草本植物，在古老的房屋后面，迎接着无尽的四季的轮回，枯萎或者繁荣在我忘记忧愁的乐园里。

童年，是那时陪伴蒲公英飘飞的断壁下的角落，一颗缺了牙的玻璃球在熠熠生辉。童年，仅仅两个孩子腔调的吐词，开始了我们家园情结的种植，一直到我们彻底地老去。

当我说起江南，一个在文字里可以永远美丽的词。她意味着杏花、烟雨、春游，那些陌上花开缓缓行的美丽爱情故事。她意味着亭台楼阁或者雕梁画栋内的风流韵致……她意味着我们真正的宁静和秀美，婉约和温柔。

当我在江南的一叶扁舟上，划过九曲十八弯的流水，穿过那些风姿绰约的二十四桥，那是女子永远的明媚与鲜妍，是一个使我们的灵魂能够真正安息和栖息的家园，至少在诗歌和散文的世界里。

当我说起母亲……当我说起月亮，它便从数十个朝代一步一款姗姗起舞……

当我说起江湖……当我说起四季……当我说起孤独……

写过了母题，你才能够搞明白自己，搞明白自己还能写什么。你也不会再问我，该写什么。

咿呀学语的孩童，总要懂得了人情世故，世事洞明，才能写好文章。

**世界之大，万物皆可写。世界之小，微尘缥缈，能不能一粒尘埃见天地众生和自己，全看你的个人造化。**

*闵小姐对旗袍的爱，*
*其实是一个女性内心牢不可破的城池，那是对尊严的坚守。*
*那也是闵小姐的人生底线。*

## 牢不可破的城池

我有一位上海的文友，他吃切片面包，一定要去面包边，配以红茶。不过是十来块的简单伙食，我曾经问他，“何以如此顽固坚持？”

他回答我：“一种享受。面包边出炉有烤糊的味道，应当去除。”

我逗他：“可是现在的面包边，有些没有烤糊啊！而且还有一道沙拉，专门把脆脆的面包边切丁撒进去，口感还不错。”

“但是我自己的传统仪式坚持已久，还是应该去边。吃沙拉，那是另外一回事。”

“为什么？”

“一个人吃东西，也不能敷衍自己。”

虽然他不是食神，但以食神的标准来要求自己，也是对自己心性的一种琢磨。

就算是一个人独处，也“严肃认真如临大敌”。

一个人把自己当什么人，真的要看他在无人时候的“表现”。

我有一次采访女明星杨恭如。她出了本游记书，写到她童年时认识的一位闵小姐的故事，让我印象特别深刻。

杨恭如小时候居住在上海。

闵小姐是一位老师，喜欢穿旗袍，从国外回来的。虽然闵小姐自己不喜欢吃糖，但她荷包里面总是会放着一颗糖果，用来安抚那些小朋友们。

几十年前，因为一些事情，闵小姐被人举报，日子非常煎熬。熬过来的她就不再穿旗袍了，只是每天嘴巴里都含着一粒糖。再后来闵小姐就出国了。

分别的那天，闵小姐又穿上了旗袍。

我问：“如果有一天，你能够跟书中的闵小姐久别重逢，你想跟她聊一点什么呢？”

杨恭如答："可能是一句，你，过得还好吗？"

我想，**闵小姐对旗袍的爱，其实是一个女性内心牢不可破的城池，那是对尊严的坚守。**

**那也是闵小姐的人生底线。**

我人生中参加过很多次笔会，唯一一次令我感到痛苦的，是《故事会》杂志办的笔会。

其实那时候我从来没给这本杂志写过稿，我写的散文随笔小说，和《故事会》根本就不是一个风格，不在一个写作领域。但因为《今古传奇》的一位副主编是我的朋友，她准备跳槽过去，就邀请我一道去参加，我想着顺道去旅行，也就去了。

我从前参加的笔会，作家们开开心心游山玩水，谈论诗文，海阔天空，尝当地特色小吃，拍照合影，不亦乐乎。

没想到，《故事会》这杂志的笔会，真的在认真研究如何写稿，如何写出他们的读者喜欢的精彩故事。我们住在一家星级酒店里，这杂志的主编和总编，一起挨个到房间里和作者们谈心，谈创作故事的技巧和寻找素材。

我在一旁打酱油，昏昏欲睡，都已经夜里12点，他们还聊不完。我心想，上海人，也太务实了吧！万万没想到他们的笔会真的在认真谈工作。

他们说，文学圈说我们搞通俗文学，我们就是要把通俗文学做到极致。

我很佩服他们，难怪他们的杂志畅销多年，屹立不倒。在市场经济的浪潮里，他们服务了一代人的精神阅读需求。

跟上海人打交道，给我的印象是，生活很讲究，业务很务实。

吃面包一定要去边，是矫情做作，还是君子慎独心气高？

闵小姐的旗袍和糖，是落魄人硬撑，死要面子活受罪，还是命运风吹雨打，不堕其志？

杂志编辑们不带着作家游山玩水，专心谈怎么写故事，是积极搞通俗文学赚钱，为出版业树立标杆？还是敬业精神？

不同答案的选择权，或者另有答案，还是交给各位读者吧！

*人性是趋利避害，趋乐避苦，*
*并且越来越习惯令自己舒服快乐。*
*每个人都会老去。老去之前，先要学会做减法。*

## 关于快乐的学问

为什么人越长大，越难以觉得快乐呢？

因为当你八九岁的时候赚到几十块暑假兼职的零花钱，是以那个岁数的那年暑假打工那几天为基础的。

当你二十多岁买到一套房子，三十多赚到大笔钱的时候，四十多岁开始投资，每得到一点进步和快乐，你却会用三四十岁以来全部的岁月艰难，昼夜辛苦叠加计算，来衡量这份快乐。

这就是人生的算法。

物质生活的竞争无穷无尽，于是我们转向精神生活。原来，那快乐如此返璞归真。

你曾全无牵绊，不想未来，你便做你想做的，走遍天下。有那么一天，你忽然很害怕孤独，而外面的世界也失去精彩，这一刻大概就是老之将至。

这意味着，你对快乐的感知改变了，你对快乐的追求，也要换一种方式。

英国哲学家边沁说**人性是趋利避害，趋乐避苦，并且越来越习惯令自己舒服快乐。每个人都会老去。老去之前，先要学会做减法。**

其实也因为以前那些得到快乐的方式，渐渐不能让你快乐。

年轻时候喜欢震耳欲聋的夜店，中年人去清静的馆阁堂。因为中年人在夜店里实在受不了吵闹，生理机能下降。

年轻的时候做背包客旅行，上山下海，不亦乐乎。三十岁以后，就要多泡温泉，漫步公园绿道。

多年前无牵无挂无事，心头天真，我一个人去海边。光脚吹风，在木栈道晒了一下午的太阳，猫够无聊，鸽子很冷漠，这是我生命中有过的最好的孤独。

三十岁的时候，我觉得人生不必再提生日这种事，因为岁月催人老，感觉不太妙。

我也就真的不再提起，也不会跟很多人一起过了。然而，过了三十五岁以后，不知不觉，又开始过生日了。

只不过，从前是收很多礼物，邀很多朋友，包最大的包厢。通宵彻夜唱歌，吃了聚餐，再吃蛋糕，再喝酒，欢饮达旦，不醉不罢休。

而年岁增长以后，就只跟极少数亲友，三五个人，小小地聚一下。生日只是“由头”，一个名义。一众老朋友天南地北胡扯，也挺快乐。

难怪广东人形容这种有益身心的聚会叫“吹水”。吹起波澜，趣味洋溢。

当然了，也有人能够逆水行舟。比如五十多岁一身肌肉，六十多岁雪山登顶，七十岁跳伞，八十岁坐热气球。但是嘛，世人都知道，那些人之所以被当成新闻报道，是因为罕见，因为反常。

遵循身心的规律，是大多数人的必经路途。

*归根结底，一个人是什么样的，别赖外界，*
*主要看自己内在是什么，自己把自己往什么方向去塑造。*

## 一个人在面对镜头的时候

某年，我去北京师范大学做讲座。冬夜里，学生们行色匆匆，教学楼内很多学生在上课。

讲座开始之前，我站在一间小教室后门窥探，有人发呆，有人埋头看书，还有一个女学生拿着手机，全程录着老师的授课内容。中间她手酸了，还揉了几下。

我站了十几分钟，那个女学生就举着手机十几分钟，完全没有放下的意思。

我后来把这个事情讲给朋友听，他们说，光顾着录像，为什么不好好听课呢？这就好比，去了欧洲最漂亮的宫殿，只顾着拍照，却不专心欣赏。

好不容易读了好的大学，为什么不耳濡目染教授们的学识风采，偏偏要看录下来的二手信息呢？还不如去上网络公开课。

可我当时心想：她为什么不买个微型三脚架呢？这样举着，手多酸啊！在网络上买个微型三脚架很便宜呢！

好吧！我这个人所关注的视角，和别人是有一点不一样。

别人不在意的细节，我会注视良久。别人忽略的风景，我却觉察其美。别人不看的书，我能掘到真金。这主要来自于我接受的法学教育，和半路出家掌握的心理学知识。先考虑事实，再考虑基于事实的反应。

绝大部分的俗套观念，来自于价值观比现实情况要先跑一步。这个女生的这种情况真没有什么好批判的。完全可以给出技术性的指导意见。

那个女生一边听课，现场观摩老师的音容笑貌，从教授的身体语言当中，了解他要表达的授课信息，与此同时，她的摄像也可以一边进行，直到完成记录。

我甚至觉得，这个教授就应该把他的讲义完全对学生公布。这个办法可以让学生帮他总结，在他上课的时候，有多少是自由发挥的部分，有多少是突如其来的灵感，还有多少照本宣科？

至于学生，也完全可以把自己录下来的视频交给老师一份。

很多人都没有回顾的习惯，因为不想面对。谁知道自己的动作是不是不雅观，表情是不是很滑稽？当天的衣着打扮有没有得体？讲话的时候，普通话够不够标准？

发现了这些问题，也不用急着去改变。要知道很多问题根本就改变不了。但这有助于我们了解真实的情况。原来自己上课的时候是这样的，原来自己站到讲台上，是这么的慌张，这么的不自然。

我以前听一个大学教授讲座，他时不时就抖动几下腿。可惜，没有学生胆子大到直接告诉他真相，教授你自己也常常在抖腿呀！

我认识的一个心理学专家告诉我一个故事。

有个小偷到别人店里面盗东西。他得手之后，没过多久就被抓住了。警察给他看当时的监控摄像，他从来没想到，自己在镜头里面竟然是那么的猥琐，一举一动都那么不堪，鬼鬼祟祟的。他突然涌起羞愧之心。

按照故事的逻辑，那个小偷当然是洗心革面。

可是，我所了解到的心理学知识，更加复杂。

一个人在面对镜头的时候，可能会变得跟他平时不一样。不知不觉就切换了频道，说着非常正确的话，把自己表现出非常正面的形象。就像我们总会在新闻里发现，名人明星都有私下不讨人喜欢的一面，甚至是恶劣的一面。

小偷也可能对着镜子学习控制自己的肢体语言，当他掌握了这样的表演技术以后，会变得更加高明，更难以防范。

事物总有多面性。

面对摄像头，一个不断改进修饰自己言行举止的教授，会更加优秀，受学生欢迎。一个小偷，也许会幡然醒悟，也许会变本加厉。

**归根结底，一个人是什么样的，别赖外界，主要看自己内在是什么，自己把自己往什么方向去塑造。**

*千万别把“逃避”当成“选择”来骗自己了，*
*千万别煮一大锅迷魂汤灌给自己了。*
*嚷嚷一万句热爱，不如去做一点实实在在的事情。*

## 别给自己灌迷魂汤

在我漫长的写作生涯当中，常常会收到各种奇葩来信。在我很多的外出讲座当中，也常常会遇到各种诡异提问。

然后我发现了有一类人，特别擅长煮迷魂汤，然后给自己灌下去。

问题一：“我的兴趣爱好非常广泛，弹吉他，画画，唱歌，跑步！但是大多坚持不下去。总是三两天的热情，过一阵子就丢在一边了。您能不能告诉我怎么坚持下去？不要让别人监督我，我都试过了，没用。”

问题二：“我是一名在读大学生，年底就要面临实习了，我自己也知道建筑行业现在就业前景各方面都很好，可我并不想要从事这方面的工作，我想做媒体，想写稿，可是对这方面了解甚少，那样好像终究不太现实。我现在感觉就是，我不喜欢吃米饭，可不吃米饭会死的啊。很是迷茫……不知道自己应该怎么做。”

问题三：“现在摆在我面前的问题是，名和利只能二选一，或者什么都没有。我应该为了稿费，而投其所好地写一些文章；还是做自己，写自己想写的，坚持自己的风格，哪怕一分钱也没有。”

这一类人非常擅长给自己制造两难困境。在这种困境当中，怎么选都是错，怎么做都不妥。于是就可以心安理得地迷茫下去，心安理得地无所作为。

有一个词叫作骑驴找马。正常人都会骑驴找马，学了不喜欢的专业，那就早点为喜欢的专业积累准备，付出辛苦，谋求资历。做着不喜欢的工作，但是偷偷考资格证，兼职学习经验，吃苦受累，预备着去找喜欢的工作。

这种人会嚷嚷我真的好喜欢马，好讨厌驴。其实他屁都没有，没有驴，也没有马，只有自己的两条腿，还不肯走路。

春天播种了，灌溉了，施肥了，秋天才会有收获。这是大地上的真理。

但是这种人的想法是，播种灌溉施肥好辛苦呀！还不一定能够成功获得果实，风险好大啊！

归根结底，这样的人的核心思想是，把我当肉猪一样舒舒服服养着吧，但是不要养肥了我以后杀了我吃我。否则，他们就会哀叹，这个世界太残酷了，这个社会太现实了。

你永远无法叫醒一个装睡的人，除非你拿针戳他。你把他戳“醒”了，他又会大喊大叫大哭大闹：快来看啊，容嬷嬷扎人啦。

最好的做法是，直接戳穿他们的内心实质，直接倒掉他们的迷魂汤。

比如第三个问题。

坦白讲，我的良知要求我必须说真话。我曾经做过很多年的杂志主编，跟作家们打交道，也编辑过很多佳作。

我自己也是作家，出版过很多作品，也手把手教出了一些优秀的青年作家。所以，对于甲方和乙方的心态都比较了解。

当一个作者说他不想投其所好地写文章，哪怕一分钱都没有，想要做自己、写自己想写的，坚持自己的风格——那意味着这个作者写得非常差劲。

因为这已经不是两百年前的时代了。

如果说两百年前印刷术还没有那么发达，信息传播手法也很落后，还存在着大量的怀才不遇，那么很遗憾，在现在这个社会，如果不能发光，不能获得合理收入，那只能说明，自身就是石头。

我作为一个专业的文字工作者，想告诉你一个事实，仅仅在中国就有八千多种期刊。这些年，因为网络的冲击停掉了一些，但是换成了新媒体来取代。

总数这么庞大的媒体群，这么多的发表阵地，除非你是外星人，写的是外星文学，不可能没有配对的刊物。用通俗的话说，不管你是什么风格，都会有对应的媒体。不管你是散文诗歌小说戏剧随笔评论，还是意识流派先锋派写实派后现代主义派，不管你是乡土文学还是城市小资，不管你是武侠言情，还是侦探推理，都有渠道来验证你的水平。

哪怕你是千年一遇的天才，都会有人发现你的特殊之处。

好的作品，有价值的思想，一定会有人来买单。那么多的出版社，那么多的书商，那么多的报刊新媒体，源源不断地需要好的内容。

所以，但凡一个人有一些天赋，勤奋地写作，敢于投稿，就一定能赚到稿费。只不过写得好的名家收入比较多，一般的普通作者收入相对少一点而已。

你如果觉得投其所好，就能获得名利，那未必太低估群众的眼睛，也太低估那么多专业人士了。

媒体出版业可能没有商界企业家有钱，但学历审美都是极高的。一个作者写的东西，要经过许多专业人士的层层把关，经过正式发表出版途径，才能跨越门槛，抵达读者的眼睛。最后才能等待挑剔的读者买下来。再过几个月后，才能拿到版税稿费。

所谓的“坚持自己的风格，写自己想写的东西，哪怕没钱”，这是一个伪命题。

我曾经见过很多所谓的作家，亲眼看见他们鼓励不具备任何文学天赋的人追寻梦想。因为廉价的表扬和鼓励，可以为他们换来粉丝和写作初学者崇拜的眼神，充满感激地讨好。

于是那些真的不适合走这条路，不适合吃文字饭的人，激动起来，自我感觉非常良好，不工作不赚钱，让家人养着，一天到晚写一些完全发表不了的东西。美其名曰，我怀着梦想，其实是活成了寄生虫。

把真相说出来，才不会误人子弟，而真话总是比较刺痛人。

觉得难受和痛苦，你才能真正面对问题：自己到底有没有文学天赋？有没有一颗坚持写作、敢于吃苦的心？有没有跨越难关、挑战读者的水平？有没有一天至少写一千字的最低要求？

真正的初心，是经过了审视辨认，仍然愿意为之努力的自由意愿。

人都有找借口的逃避心理，不肯踏实去做事的时候，不肯面对真相的时候，就把一些虚头巴脑的大词空话，拿出来玩内心斗争的游戏，比如“功利”和“理想”。

我是选名利好呢？还是做自己选理想好呢？其实你啥实际事情都没干，纯粹在自嗨。

**千万别把“逃避”当成“选择”来骗自己了，千万别煮一大锅迷魂汤灌给自己了。嚷嚷一万句热爱，不如去做一点实实在在的事情。**

愿我的每个读者，都能直面自己的人生，找到自己的乐土。

*归根结底，自恋是我们最大的敌人，*
*放下自恋，自然精彩。*
*这正是我从心理学里收获的。*

## 站到台上之前，先打破自恋

从前我是一个特别内向害羞，抗拒公开讲话的人。后来，我去了很多大学做巡回讲座，大家听得津津有味。就有同学问我，是怎么做到的？答案是：因为我克服了自恋。

很多人会说自己太自卑，一上台就紧张，对着很多人说话就结巴。

其实，台上紧张结巴的真相，并不是自卑，而是太过自恋了。因为真的没有多少人会在意台上的你，你以为别人会一直注视你，时刻关注你的一举一动，实际上不是的。大家都是一边偷偷闲聊，一边玩手机。

我自己也会坐在台下，参加别人的活动，听着别人讲话。换位思考一下，台上的人总是讲一些假大空的玩意，我也昏昏欲睡，无所事事，只好玩手机啊！

我去出席某省政府主办的官方会议，有的领导侃侃而谈，发言活泼有趣，就听一下，有的老作家讲话空洞乏味，我就走神了。我看看左边，某儿童文学超级畅销书作家在偷偷玩手机，看看右边，某作协副主席在纸上涂鸦。

所以啊，不必太在乎别人怎么看你，别把自己太当回事。别把自己的一场讲座当成醍醐灌顶的大会，别幻想一下子让所有人聪明开窍。台上发言讲话，只不过才一两个小时。只管如实分享你自己要讲的东西，有需要的人，自然会倾听。

看，我学过的心理学，又派上用处了。

我每次去那些企业啊、大学啊、书店啊举办巡回讲座，只讲真实好玩的东西。而不是为了显得高大上而准备高大上的话题。

我发现，讲那些实实在在的人生经验和故事，效果远远好过高大上的话题。大家都喜欢听真诚实在的内容。

还有一个关键问题是，很多人畏惧社交应酬，其实也因为自恋。这一类人总是把自己当作天真需要呵护的孩子，把别人想象成世故狡猾的老狐狸。

其实，绝大部分人都是为了生活，为了工作，硬着头皮遵守礼仪去应付社会交际的。天生喜欢交际喜欢抛头露面的人，只占极少数。

多年前，我采访过一位著名的院士。一开始谈到工程的历史争议，历史渊源，和他自己青春时代的工作故事，老爷子的叙述口吻，一直非常平静。他觉得年少时候的艰辛工作不值一提。

后来提到了工程引发的环保问题争议。老爷子激动起来，提高嗓门，引述各种世界组织的官方研究数据。他挥舞着双手，像一个纯真的孩子，要分清楚对错，澄清事实。

采访之前，我觉得老爷子这么专业权威的院士，他曾经还有高级官员的身份，又曾经担任世界上最大的水电工程老总。他要聊的肯定都是高大上的科学话题。

但是没想到，看到了老爷子真性情的一面，露出一个较真的科学家的气质。我反倒轻松了，开始兴致勃勃倾听老爷子的人生故事和鲜明观点。

我总觉得我是去采访一个重要人物，要完成一个大稿子，于是人为地给自己制造紧张，尽是问一些高大上的话题。最后实际出来的效果往往很无聊，变成假大空。这也是自恋的表现。

其实我仔细观察很多的采访对象，他们也有自我保护的一面，不得不小心谨慎，但内心深处，人的天性都更加愿意放松聊天，完成沟通交流。

中国所有的主持人，我最欣赏的就是杨澜。她的名人专访，都是轻松自如地切入，让受访对象不知不觉说出了“好料”。

这些年来，我自己听过别人的很多讲座，我也在台上举办过几百场大大小小的讲座。我自己采访别人，也被别人采访。

我被人采访的时候，如果记者总问很宏大的问题，我也提不起劲。曾经有记者问我：“怎么看待中国纸媒的未来？”

天啊！我哪知道呀。

这问题太宏大了，很难讲清楚，让人不知从何说起。小切口的问题，丰富生动的细节，才能写出有趣的文章，讲出有趣的故事，通往精彩纷呈的世界。

**归根结底，自恋是我们最大的敌人，放下自恋，自然精彩。这正是我从心理学里收获的。**

*即便是在"千军万马过独木桥"的青春，也有一些旁逸斜出。*
*人生永远不像看起来那么整齐划一。*
*世界上还是有不同的桥，不同的人去走。*

## 每个人都有属于自己的桥

在我的中学时代，发生了一起轰动全校的事情。从那天开始，女生们走起路来更加羞涩，男生们有事没事就捋下头发，拉整齐衣服，时不时照照镜子，凝视自己的鼻子、眉毛、嘴巴，潇洒地转个身。还有的男生比较夸张，随身带一瓶摩丝，定出一个拉风的发型。对了，那个时候还不流行啫喱水。要是连摩丝都没有，就干脆用水抓上两把。

这一切都是因为大雄。大雄刚好是我们班的男生，数学很好，长相憨厚，而且脸上还有一颗恰到好处的痣。这颗痣如果低到嘴巴下，就比较像管账先生，如果再靠近眼睛，就比较像奸诈反派。大雄的痣停留在脸颊与鼻子旁边，带着一点俏皮滑稽和醒目。

男生们一度怀疑，大雄的幸运就是来自那颗痣。赐给大雄幸运的，是湖北电影制片厂。二十世纪九十年代看电影已经稀松平常，可是拍电影，在我们那个中学，那简直是天大的事。

电影制片厂采风取景，顺便在我们高中选男主角。导演要拍的是一个关于青春的校园故事，演员想选原生态，没有表演经验的。女生们比较失望，因为女主角已经选好了，打扮洋气，是个大城市的中学生，请假了跟着剧组到处跑。

男生们排起了长队，面带兴奋，在学校的小红楼里试镜。他们鱼贯而入，出来的时候，个个垂头丧气。我呢，压根没勇气去面试，干脆彻底旁观。选了三天，只有大雄脸上挂着充满神秘的笑容。没多久，剧组宣布男主角就是他。老师们事不关己高高挂起，只当是课余闲聊的有趣话题。

对于男学生来说，就大受刺激了，尤其是平时热衷要帅扮酷，跟女孩子聊天，讨厌学习的那几位。穿西装白衬衫皮鞋的甲，头发整得大风吹过纹丝不动的乙，个高白净有几分英俊少年气质的丙，统统被大雄打败。

看起来毫不出奇的大雄，凭什么获得导演的青睐？导演的眼睛是瞎了吗？他们气愤极了。确定主角之后，电影迅速开拍，在一条夹在花园中间的走道上，大雄来来回回地走。女主角靠在栏杆旁边，演低头若有所思。

大雄每经过一次，就要回头一下，以表达少年骚动而羞涩的心。大雄第一次拍戏，太紧张，一直NG，有次跑过女孩的身边太快，啪，他的旧皮鞋踢飞，落在两米之外，所有人哄然大笑。就这么拍了好几天，他们连手都没拉到。

接下来的一个月，大雄消失在学校。据说被剧组带到省内某个山里拍其他镜头。回来时，我们问起大雄将来是不是要退学去省城当明星，他支支吾吾不肯细说，忙着补他漏下的功课。

隔年在校门口遇到大雄，问出了答案，导演只打算让大雄拍一部片子，并告诉大雄要好好学习。片子放映后，也没了下文。

不过，那天下午，大雄说，他在山里看见老鹰了，天好蓝，云也白，鹰飞得好高啊！

我依稀觉察，大雄的话别有深意。我们这些生长在平原的孩子，从来没见过鹰飞。看他那悠然神往的表情，我说："不管怎么样，我以后还是可以跟别人讲，我的同学拍过电影哦！"他被逗乐了。大雄后来考了一所不错的大学，在公司上班，小日子过得挺好。

再说说少伟吧，他是那种成绩垫底，完全没希望考上大学的人。少伟上课常常睡觉，到点了飞快跑去食堂打饭吃，晚自习溜达出去吃宵夜、瞎晃悠。

那天晚自习回宿舍，我看见少伟一个人在操场发呆，不知道在自言自语些什么。走近了，我发现他捏着一个啤酒罐，叹一口气，喝一口啤酒。中学生不许抽烟喝酒，但这只能管住好学生。我从少伟旁边绕过去，他突然叫住我。

我吓一跳，以为他想打架。我心想，这家伙看着老实，喝醉了就难说了。结果少伟拽住我，带着醉意迷茫嘟囔："考得上考不上，你们反正有个目标，我，我都不知道以后能干吗！我家又没什么钱。"

原来，他是在烦恼未来人生。我说："你可以考体院，那次体育会考，你不是跑了前几名吗？"

他想了一想，眼睛居然亮了，放开我，认真地和我聊起来。约十几分钟后，他才走掉。谢天谢地，我顺利脱身。

当然，少伟最后没能考上体育学院。因为部队来学校招飞行员，各种体能测试，他都通过了。就这样，少伟去开飞机了，听着都很牛。

后来重逢，他跟我讲，那些飞行员特别逗，因为一直待在系统里面，三十多岁的人，还很单纯，打个扑克也像小孩子一样吵嘴。我们哈哈大笑。少伟是来感谢我，特意请我吃饭。

不过，他要谢的其实是他自己。那场夜空下的对话之后，少伟的确开始练体能，天天跑步、玩倒立。命运就这样垂青有准备的人。

**即便是在“千军万马过独木桥”的青春，也有一些旁逸斜出。人生永远不像看起来那么整齐划一。世界上还是有不同的桥，不同的人去走。**

每个人都有属于自己的青春和故事，能够抵达你想去的地方，做你喜欢的事，是最大的幸福。

*理想不需要一双高蹈而不切实际的翅膀，*
*只需要一双结实的、理性的以及心态安稳的脚底板，*
*一步步踩着地面走。*

## 你只是看上去很努力

大学时，我有个最为欣赏的学长，他心比天高，文笔洋溢，辩才无碍。毕业前夕，怀揣着理想，去了《湖北青年报》做编辑。当时的他，已经是校园名人，拿过全校最佳辩手，在风华正茂的时候，赶上那家报社创业初期，他也是信心饱满，信誓旦旦。

那份报纸的大幅广告贴满城市的角落，一切都让人激情澎湃。他学习多年的法律知识，长久积累的新闻敏感度，还有那一手好文章，一口好辩才，都等待着东风吹起。

不料，报纸没办成功之前，就抛弃了他们。中间辛苦的几个月，做版、采访、写稿、编辑，全部成了“实习”。

没有签定正式的协议，也没有正式的福利待遇。当时唯一的解释是，为理想和事业开始，那么，必定要做出牺牲。报纸等待资本注入，等待咸鱼翻生。最后，刊号为另外一家传媒集团所有，这些年轻人，梦想破灭。

于是他在毕业的时候，回了家乡，一个位置在中部却算西部的山区自治州。混迹一年，困顿万分。谁也想不到，他会有这样的生活状态。

他是我的师兄，也是一个参考个案，对于当时还没毕业的我来说，我第一次近距离看见一个人的挫败和失意潦倒。原来那些跟你猛谈理想和未来，看起来很厉害的单位，说垮就垮啊，什么正规的保障待遇都没有。这些现实，堪称社会第一课。

没有什么比这种打击，更加让年轻人压抑和痛苦，想象的功成名就瞬间成为泡影。

该怎么办？这个学长用了一整年沉淀与反思，他重新开始寻找理想，给自己重新做人生规划。

他言之凿凿跟我说，他要选择自己可以读的专业，选择自己学得好的学科，上北京，拜会导师。他情绪激动，表示要回来和师弟们在一所普通大学上晚自习、读书。他想选的专业是国际航空法方面，国内研究不成熟，尚在起步，导师是这个领域的权威学者。若能够读上，跟对方向，大有可为。

但是，他半途放弃了考研，又去了某个热门大型网站。我很不明白，他为什么会这样。他说是因为那网站许诺高管位置，还有不菲薪水。

去了之后，他发现好多红红火火的事件都是策划炒作出来的，很低级庸俗，他又觉得这跟自己的理想差距太多。于是他又回去家乡的法院，做了两年，觉得气闷，跟周围格格不入，放眼望去，都是混日子的庸俗之材。

他辞职，去了某个响当当的大电视台，在外包机构做片子，常常深更半夜打电话给我，向我们当年玩得好的其他同学倾诉，又倾诉。

眨眼，十年过去。

他混不下去，辞掉工作，离开了北京，想在我们母校所在的城市，重新开始。但是这个城市已经日新月异，没有他的位置了。

他曾经采访过我所在城市的某位市委常委，但当他离开那档节目之后，他就打不通市领导的电话了。我不知道是说他幼稚，还是急病乱投医。

去高校，他学历不够。去媒体，他嫌弃省市媒体低就。重新考研，已经没有耐心。

他在北京混过，北京这样的地方，掉一片树叶，都能砸中一批名人。他出入结交的是哈佛学者，采访的是北大清华最牛的学者，目睹的是身价亿万的国际企业家。

可是，这跟我们有什么关系呢？

刚好我在职业生涯的中途，兼职做过一份中央级报纸的通讯员。他所能看见的赫赫人物，我也见识过。今天飞北京采访部长，明天飞南方参加商业会议。但我很明白，能有这些经历，只是因为我们背后的平台是金字招牌。离开了平台，你自身有多少价值才显现出来。

很多人就迷失在了这样的浪潮中，依靠大平台，左右逢源。离开平台，就什么都不是了。

一个清醒的人，应该在平台里学到的，不是谈资吹牛，跟谁一起吃过饭一起聊过天，而是应该提高自己的本事，打出自己的名号，拿出自己真正的作品。

人生不该只有世俗评判的标准，金钱权势和成功不是单一的。然而，一个人十年过去仍然不知道自己要什么，也没有为自己积累起应该有的职业江湖地位，那么，我们只会觉得，他的心太浮躁。

仔细交流后，我发现他没有一件事认真做满三年。不管是编辑记者，还是纪录片导演，不管是法院书记员，还是网站公司部门总监。眼界开阔得不能再开阔了，人却再也无法静下心来，无法像古人说的那样“三省吾身”，觉察到自己真正想要什么，能做什么。

这中间，他还像个真正的“文青”那样，到云南丽江、厦门、西藏等地，独自去旅行。

然而，旅行就是旅行，并不会一下子就让人脱胎换骨，该面对的，一样不会少。他没有长期稳定的工作，没有准备结婚的女朋友，当然也就没有考虑买房，没有考虑买房，就没有积蓄，没有积蓄……当他离开电视台回到家乡，想做生意时，他让母亲失望了。毕业这么久，工作一换再换，还要家里资助做生意？

他来找我，与我住了半个月，白天深夜都在谈人生。

我劝他，到了选定自己的职业，沉下心把事做好的阶段。他却问我，有没有兴趣一起做生意，开一家图书公司，我哑然。

扪心自问，我怎么敢跟这样不定性又天真的人一起开公司？

我们一心为理想寻找一双可以飞翔的翅膀，却不知道，理想需要的，只是一双踏实的脚板。如果你真的去看看身边的这个世界，也许你会发现，你的判断，真的太固执、太稚气。

后来，我所经过的道路，我和我的同学们所经过的道路，虽然细节不一，却大致差不多。

我们在大学可以激情澎湃，可以指点江山，却没有意识到，你能够指点江山挥斥天下，口头盘点历史人物现世高手，恰恰是因为，那是一群孩子待的地方。

人们对于没有真正长大的孩子，总是宽容的。因此我们自信膨胀，以为自己就是济世之才，就是国家栋梁。顶不济，也能够混个人模人样。

有时候，放弃错误的理想，比坚持正确的理想，难上一百倍。但是，在无数不确定的命运被事实证明过后，我们是否还能那么坚定地认为自己是理想主义最后的拥趸？

真的，那是一种遗憾。在我们的成长中，居然没有人告诉我们，你在追求理想之前，多半要经过默默无闻的那种生活，你要生活得如同《水浒传》中李逵说的：嘴巴里淡出个鸟味。

你要自己坐热板凳，成为不可取代的职员，才能不断进步。

你在炼成火眼金睛之前，可能被很多老板拿理想情怀这些词忽悠欺骗，之后才会沉淀出坚韧的心志，才能够培养出洞悉本质的眼光。

你既要赚钱谋生，独立自主养活自己，也要不断充电，不断学习，更上一层楼。你越是积累，就越多财富，越多能力。

你要埋头苦学，把同事和朋友的优点经验，一一吸收，琢磨消化，才能够将你所得到的间接的经验，转化为实实在在的自己的本事。

你要搞清楚自己的条件，自己的个性，自己的能力，你才会真正知道，你自己，在这个世界上，究竟站在什么样的位置上；你究竟，是一个什么样的人；你以后，会抵达什么样的成就。

我们的成长，就是在一滴一滴的失败中总结和矫正的。我们仰仗的评价标准，曾经是那样脆弱。曾把每一张试卷做到拿一等奖学金，却因为不会用打印机，而被老板视为笨蛋。

运气也很重要，但谁也不知道是否属于你。你得时刻准备好，等风来。风不来，你还得换一个有风的地方。

20岁到30多岁的十年，是一个人积累和定型的时期。十年里，你做了什么，它就会把你塑造成什么人。

十年时间，把我塑造成了一个去过自己想要的生活的作家。我不比商人有钱，我也不比大学教授更加有学问，我没有官员的权势。但我知道自己要什么，我为之努力，并且得到它。

十年时间，在法院的同学，已经走上中层岗位，在大学的同学准备评副教授，在媒体的同学基本都是副主编，甚至在公司安心做上班族的同学，也买好房子、车子，跟老婆孩子过着自己的小日子。

人各有志，没错。但你真的喜欢你的志向吗？还是说，只是因为它满足你的短暂虚荣。

**理想不需要一双高蹈而不切实际的翅膀，只需要一双结实的、理性的以及心态安稳的脚底板，一步步踩着地面走。**但愿我的学长，能从此把握好自己，开始新的生活。

人生的真相是，斗志不灭。爱惜自己的健康，积累能力，你还有下一个十年，千万别再荒废。

*“我对任何唾手可得，快速，出自本能，即兴，
含混的事物没有信心。我相信缓慢，平和，细水长流的力量，
踏实，冷静。我不相信缺乏自律精神和不自我建设，
不努力，可以得到个人或集体的解放。”*

## 时间是一个魔术师

最近某一年腾讯的星光大赏，我作为媒体嘉宾，出席了这个群星灿烂的盛典。

前两排是嘉宾席，后面是观众席，坐着各个当红偶像的粉丝们。每当一个漂亮的明星走上台，她们就会声嘶力竭地尖叫，大喊着要嫁给他。

可我想到的是，当年那些同样大红大紫的人呢？他们去了哪里？我在星光大赏上看到的热门明星，熟悉的面孔寥寥无几。

早在十五年前，我还是杂志主编的时候，主要工作就包括对接封面人物专访。那是生活类杂志，但是影响力大，也畅销，封面也需要漂亮的女明星啊！

那个时候，我就常常收到各大公司文宣发来的通稿。但是，说真的，人物通稿不比其他东西，一旦标准格式化，那就太无聊了。所以我坚持要求，专访了艺人，找到他的特色，再来报道。

多年后，那些被专访过的明星，有的已经拿过影后，光彩熠熠，身价亿万，仍然迷人。有的改了名字，反复艰难挣扎。还有的，彻底销声匿迹。

有一个歌手，在他凭借一首凄美的情歌出道时，我曾经是国内第一个采访他的人。他很激动地老师前老师后地称呼我，后来也渐渐上了央视表演，有了更多的媒体报道他，大江南北都在传唱他的歌。他没有实现我们的约定，他曾经说要当面感谢我，请我吃饭。

其实我完全不介意请吃饭这事，因为人生之路漫长，本来就人来人往。我只是在锦绣之上，添加了一朵花。但是呢，这个歌手，对于曾经帮助过他的人，轻易地忘怀，并不是一个好的品质。

那歌手很快就归于平淡，红了一两年，东奔西走，始终没有正式上道，最后去大学混了个职位。

我对他没有批判，只有观察总结。什么样的人能够走到最后？什么样的人能够星光久远？

时间是最厉害的魔术师，作为一个见证人，这种亲眼目睹的感受最为强烈。

人世间的繁华热闹，见过太多了，这反而足够令我平静地去看待这一切。

我甚至还有一个个人原则：我只跟认识一年以上的朋友见面约饭，只跟认识三年以上的朋友谈合作，只跟认识五年以上的朋友谈心。认识十年的老友，我愿意无偿乃至象征性收一点酬劳帮助他。

岁月增加，年纪越大，我也越来越喜欢卡尔维诺的这段话——

**“我对任何唾手可得，快速，出自本能，即兴，含混的事物没有信心。我相信缓慢，平和，细水长流的力量，踏实，冷静。我不相信缺乏自律精神和不自我建设，不努力，可以得到个人或集体的解放。”**

卡尔维诺是一个超级聪明，特别有钱，并且具有世界深远影响力的作家。我们读书，就是要读那些聪明的作家的书，才能获得自身的成长。

*生命是活的，唯有流动，才不会臭腐变质。*
*有一颗柔软之心，才能去接纳和不断调整，*
*才会少一些僵硬和顽固。*

## 十年里你做了什么

去年年底，我家附近开了一个全新的游泳馆。这个游泳馆号称全自动净水循环，并且冬天寒冷的时候，足量开温水。很多游泳馆为了节省费用，并没有足量放热水，我以前常常去的某大学游泳馆就是这样的。

我在这家新开的游泳馆里面，一身疲惫地游了1000米，爬上岸。

我对自己说，又坚持运动锻炼了，累也值得。

旁边那个年轻的救生员男孩终于忍不住了，他跟我说：我看你常常游泳，是办了卡的吧！

我说是啊！

他接着说，但是我看你每次都游得好辛苦，是刚刚学的吗？

我有点不高兴：怎么会呢，我游了十几年了。

他说，那你是不是感觉游得很吃力？

我吃了一惊，点头说是啊！

他告诉我，那就是因为你用的动作姿势错了啊！

我心里在想，这家伙该不会开始想推销他自己的教练课程吧！平时常常在健身会所遇到这种教练。只要你继续跟他聊下去，他就会跟你说，有什么样的课程适合你，收费多少。

我倒不是觉得，不应该收费，每个人的知识劳动都有它的价值。我只是知道这里面有很大的价格猫腻。出于我对人性的了解，大多数人都很不喜欢自己运动或者做事时有人在旁边指指点点，而且交钱了以后，也很难坚持下去。

像我这么讨厌运动的人，能够坚持去游泳，已经是莫大的奇迹了，要是让我再交钱去上什么课程，比如游泳课，最后肯定是浪费。

结果这个救生员就说，你可以找教练上游泳课，学一下专门的正确姿势。像我们都是体育学院毕业的，可以教你。

我就笑了，果然如此。

我正打算拒绝他，他已经直接趴在地上，一边演练动作，一边解释应该怎样划水。

这是个很年轻的男孩，估计他脸皮太薄，虽然公司培训了怎么搭讪推销，但他还不好意思死缠烂打。

另外一个原因是，他熟知正确的游泳动作，对我的错误游法，实在是看不下去了。

“动作不要太匆忙，换气的时候等待3秒钟，自己利用水的浮力，浮上来换气。”

“划水的时候，大腿要收拢，小腿要打开画圈圈，这样才能保证下半身重心一直在下面，反推力往前。”

我照着他教我的游起来。

第一次觉得别扭，还是有点手忙脚乱。

第二次纠正换气，但是没有纠正小腿，更加费力。

第三次都纠正过来了，但还是没能找到那种感觉。

我休息了10分钟，他下水又示范了一下。第五次的时候我找到了感觉。

啊，不知不觉，我居然游了二三十个来回，最后上岸的时候，全身很舒服，并且觉得精神抖擞，一扫过往的疲惫不堪。

直到这次经历，我才真正地喜欢上了游泳。

原来，我可以全心专注地游泳，得到锻炼，精力充沛，并且不累。以专业的办法去做一件事情，从中得到了快乐，得到良好的回报。我下一次去游泳，根本就不必强逼着自己去，而是巴不得一有时间就去。

学习到正确的东西，太需要克服偏见，克服心理僵化。

人有一种巨大的惯性，因为害怕被骗，干脆拒绝进一步学习，因为害怕改变，害怕丢脸，就拒绝专业指导，情愿用错误的方式持续下去。

如果我继续用错误的方式用下去，并不会缓解我的写作职业病症，反而会加重。

有一种惯常的说法叫“听过很多道理，却依然过不好这一生”。

这是因为，道理就像正确的游泳姿势动作，是技能层面的。心理层面大门深锁，听了就听了，还是会错过。

对人生态度的省悟，对行为认知的审视，才是内心层面的，让人觉察到是自己的深处问题之所在，认识到是我们的行为模式和内在认知出了毛病。

哪怕是在游泳这么一件很小的事情上，自从上大学学习游泳以来，隔了十五年时间，机缘巧合，我才得以真正修正。如果那个年轻男孩喋喋不休推销收费游泳课，我大概会满心排斥，继续错下去。

掌握了认知方法，我仍然是不完美的，充满不足，还会犯错，但我的纠正能力，超过了从前的自己，也超过了很多固执的人。这令我有机会成为更好的自己。

**生命是活的，唯有流动，才不会臭腐变质。有一颗柔软之心，才能去接纳和不断调整，才会少一些僵硬和顽固。**

这才是真正的成长。

# 第三章／越过彷徨，去过自己想要的生活

愿你了解富庶丰盛的无聊，也了解平凡贫穷的痛苦。

愿你勇猛精进，也愿你平和喜乐。

愿你恰到好处地生活。

*佛教里的经文，特别喜欢强调生命无常。*
*也就是什么都会流变的意思。人生唯有以无常应对无常。*

## 当有一天，我们的生命不再流动

炎夏的末尾，我去做一场签售交流活动，在古老的洛阳城，新建的一家王府井中心里面。

去之前，我不知道现场是什么样。一直纳闷，第一次有服装品牌邀请我合作。

去之后，我惊讶了。原本，我想象中，这家叫元也的店，是一家纯粹的女装店。但是，整个店处处摆满了书籍，就是一个大型而美好的书店。

设计师还给我做了一个装置艺术墙，作为讲台背景。我强烈感觉到，布置现场的设计师，有他的用意。

左右两张大幅海报，各有一个通红的心，用红色的丝线，串联起来。剩下的，是大面积留白。

在以往所有的签售会、读书会、阅读结合手工活动、讲座上，我都没遇到这样的设计。我心想，太好了。

越是简洁的事物，越能够激发联想。

隔天，现场的人越来越多，我站在海报前面，看着满怀期待的一张张面孔。我笑了笑，说，“我想请每一个人站起来，告诉我你对这张海报设计的看法。”

“我觉得，这两颗心，通过丝线连接，象征的是日积月累的亲密。所以，我觉得是幸福的。”

“我觉得很难过，甚至有点疼。那么多的丝线，透过心。”一个穿着黑色衣服，有一点成熟的女士说。

“我想，这是代表着美好，因为无论如何，他们是在一起的。”一个年轻的女孩说。

又有一个女孩说：“我感觉这两颗心是不一样的。你看，右边那颗的轮廓边缘完整顺滑。而左边的，似乎伤痕累累。”

我回头仔细看一眼，还真的是有细微差别，这一点连我都没注意到。这个读者观察很认真。我点点头，称赞了她。

还有一个男孩说：“每一道丝线，就是他们之间发生的一个故事。所以能够走得越来越近。我觉得很棒。”

我觉得这个男孩说得很沉静，忍不住表扬他，“你的看法很积极正面。”

在这个男孩旁边，还坐着一个漂亮的女孩，戴着猫耳朵发箍，看起来青春照人。我猜他们是情侣：“你们俩是一对吧！一起来参加现场活动么？你呢，你对海报的画怎么看？你觉得男朋友说得对吗？”

猫耳朵女孩却羞涩地否认了，“那个，那个，他不是我男朋友啦！我倒是觉得，这两幅画并列放在一起，其实不止说的爱情。虽然通过红线连接，但，还有大面积的留白啊。这些留白说明，我们也有亲情友情，还有自己的空间，做自己喜欢的事情。”

直到，一个一直很沉默的女孩说：“我失恋了，我觉得很悲伤。”

我让所有到来的读者，都说出了自己的看法。然后，我退回到原来站立的位置，反问：“大家想知道我的感受和看法么？”

我轻轻地分开海报的缝隙，招手让大家都来看。大家涌过来，表情惊异。

海报后方别有洞天，有一男一女的壁画头像，有一个英文单词“home”，还有日常生活用品：碗筷、杯子、水龙头、酒瓶、餐桌……这些物品摆放在一起，散发着温馨的家庭气息。

大家流露出恍然大悟的神色。

一个学生模样的读者说：“您是想说，在各式各样的爱情观背后，原来我们向往的终点是家。对吗？”

我摇头：“不，不。这不是我的感受。”

我想说的是，年轻时候，怀着对爱的憧憬，我们交付自己的心。但是，有的人交付了，对方却不接受，只能怀揣着一颗真心，继续寻觅。

还有的人，交付了，在一起之后吵架闹矛盾，虽然结婚生子，多年后还是觉得难受不合适，放弃家庭分开了。

有一些人，虽然人一直在一起，但心却各有所属，惦记着他人，就这么貌合神离地过下去。

还有一些人，彻底分开后，却又忘不了，觉得遗憾可惜，思念不尽。但因为客观条件改变，无法回到原本的关系。

每一个人都有自己的爱情观和价值观，都挺有道理的。但是，观念是对过去的总结，无法概括所有的人生，所以别让自己的灵魂固执僵硬。

这一切，都是因为，生命是流动的。

因为流动，就会有新的变化。哪怕从前稳固幸福的关系，也有缝隙。

因为流动，我们又充满了可能性，处于单身状态的人有希望遇到新的人，诞生新的故事。

其实我也留白了。我只说了，不该灵魂硬化。剩下的我用来给自己书写，让听众去想象。

生命的这种流动，并不是天长地久的。

就在下午的签售交流之前，我和十年一聚的老朋友，匆匆忙忙去了龙门石窟。

龙门石窟千姿百态，据说有十万多尊佛像。

我终于见到了最大的一尊，卢舍那大佛。仰头看了好一会儿，我就离开了。

佛像已经存在了千百年，无数人见过它。它却一个人都没有见过，因为它只是石头雕琢的佛像，它是全世界范围内都重要的艺术品，但并无生命。

跪拜的人，求的是自己的心，想要的东西那么多，忧愁的事情那么多，不求大佛，也会去求别的什么。

带着家人游览摄影合照的，是享受亲情。某年某月某日，在这儿玩过，多年后拿出照片可以回忆。陪同朋友对比十年前后的容貌气色，见证的是友情。手牵手亲密看风景的小情侣，当然是沉浸于爱情的甜美中。

再过一年之后呢？

我的老友的人生刚满不惑之年，下一次再见，就奔向知天命的年纪。

那些举家出游的人里，孩子会长大，离开父母。父母会老去，祖辈年纪更长的，甚至告别人间了。情侣们还年轻，未来聚散不定，也许各自换了伴侣。

**佛教里的经文，特别喜欢强调生命无常，也就是什么都会流变的意思。人生唯有以无常应对无常。**

第二天上午，老友陪我游览最后一段行程，去洛阳老街。

我们谈到了一些生活琐碎。

他说，他的家人是企业的工人出身，对他喜欢的一切都不以为然。在他的妈妈看来，人就该好好上班，老老实实，不要看闲书。亲友态度也是一样。

他喜欢画画，虽然没有专门学过，但我看过他画的佛像，很精美。然而他妈妈觉得他是老大不务正业。

于是他仍然留在一个老式的单位里，做着办公室工作。

我回忆起当年选择辞职，不想朝九晚五上班的时候，我的妈妈万分惊恐，害怕掉了饭碗会饿死。夜里，忽然从卧室走出来，坐在我的床边，几十万房贷啊！没工作又没稿费怎么办？我啼笑皆非，却全然明白理解，唯有叹一口气。我真不忍心看她这样惶惶不安。

因此，我又工作了三年，像淤泥一样，在单位里充满厌倦地待着。直到我有点积蓄，另外还安置了房子，妈妈才一半担忧一半放松。

我趁机流动了，从此投身无业游民，成为自由自在以写作为生的作家。

我们还提起共同的朋友，嫁到了广州，衣食无忧，住在别墅里。但她仍然有她的不足与惆怅。我去广州短暂工作的几个月，碰头过一次。太阳底下，烦恼类似。最近她去做公益了，默默祝福她。

仅此一次的人生，不胜枚举的牵绊与挂念，因深爱而不忍，为自由而烦恼。

他说，他活到这个年纪，才觉得，再也不想管别人的闲话，也不想完全按照妈妈的喜好去生活了。他就是喜欢读书，喜欢文学，喜欢驴友出行，喜欢活泼的生命力。说闲话的人，其实很快就忘了为什么说你。你自己还在耿耿于怀，简直吃大亏。

我为他高兴。他心里头都明白，只是从前受到的束缚太深，无法放开来。

进了丽景门，繁华又热闹，字画古玩小吃衣物，人头攒动。走着走着，穿过这座鼓楼，顿时一片寂静。沿途都是冥事用品店铺，路面空荡荡，没什么人了。

一条老街，分了东西，以中间的八角楼为界。

西大街烈火烹油，东大街冰凉无味。

我挺想生活在热闹的前一半街上，却喜欢后面的这一段路，心平气和，冷清明白。

生命流啊流，从少年到暮年，然后离世。身后事交给了亲眷后人，到东大街采购用品，以完仪式。

这是人生的有限性，一直都放在你面前，看你是否愿意去想起。人势必独自走到尽头，灵魂枯萎，化为尘土，不再有温度，更加不会再流动了，固定在时空的那一刻。

这便是我们心中的怕和爱。

我们从西走到东，又从东走回西。吃花生，掰面饼，喝羊肉汤。汗水汹涌，但也挺酣畅。正是立秋后的头一天，喧嚣世界再次扑面而来，日光弱下去，凉风吹起来。

有一天，我们的生命不再流动，在此之前，我愿选择尽情流淌。

*你如果拥有可爱的萌宠，记得要给小动物做绝育手术，*
*这才是真正的爱惜小动物，也是对它们的负责。*

## 一个宠物公益人的故事

我是因为自己养猫，才知道老杜的。

他是本市挺有名的小动物保护协会会长。

我总以为他们这些人，很喜欢教育人，滔滔不绝，诲人不倦。所以平时不怎么敢跟他们打交道。

直到有一次，参加一个户外的参观活动。不知不觉聊起来。发现他并不是那种喜欢教训人的公益人。

他的口头禅是，“每个人都有自己的爱好和选择，干吗勉强别人，如果要问我什么意见，我会从朋友的角度给一些参考，绝对不会强迫你的。”

老杜很诚实，回首过去，最初并没有像外面的人说的，怀着多么伟大崇高的心态想去做公益。

他一开始，就因为喜欢小狗，总觉得受不了流浪狗在大街上吃苦，就忍不住收留一些流浪小动物。

时间久了，才发现收养猫猫狗狗越来越多，得想办法妥善安置。于是他开始寻求大家的帮助。为了良性的循环，就走正规的程序，去民政部门注册，规范化救助小动物。

不知不觉就这样做下来，十几年过去了。

老杜最头痛的问题，是自己的精力越来越跟不上。

我很天真地说，那就找一个人接手呀，比如培养一个适合的徒弟啊。

老杜摇头叹息："特别难，找不到一个合适的接班人。"

首先，这个公益组织是不赚钱的。愿意捐物品捐资出来给小动物的，还是属于少数。

其次，他发现现在面临一个救助不过来的问题。虽然已经发起了领养计划。但是新发现的流浪猫狗，送过来的特别多。比如说，一个月领养走了400多只小动物，结果新增加收留的有600多只。

以前选了城市郊区的地方租下来，安置小动物，但是随着城市开发发展，很多昔日偏远地方也不便宜了，就得迁移到更加便宜更加偏远的地方。

这么多小动物，一天的吃饭伙食，所需要的食物都很惊人啊。

已经在全市大力倡导给小动物做绝育，但是街头的流浪小动物还是很多。猫猫狗狗的繁殖能力太强大了。

也许从根子上解决问题还需要全国范围的具体动物管理法规。

做公益非常难，要寻求社会的帮助，也要面对他人的猜疑。深更半夜都会有人给他发消息，打电话。

但是他不可能解决所有的流浪小动物问题，他又不是官方组织。

做这份公益事业，还得心理素质强大。

说真的，我每次在朋友圈看他发的那些画面，惨不忍睹。那些他救助过的受伤的小动物，轻则断腿折脚，重则半个身子血肉模糊，拖着皮肉躺在地上。还有的猫，大半个脸都变形了。

这跟微博上晒着甜美萌宠博得万千粉丝的网红，完全是天壤之别。

有谁还愿意接受这么一份烦琐无比的责任？如果是随随便便交给别人去接手，万一搞砸了，很难向公众交代。这么一件充满爱心的事业，并不是那么简单。

我们一起参加一个活动，回家不方便，就都住在社会主义学院的宿舍。晚上没什么消遣，干脆聊天。

他早上吃早餐还多留了一只橘子和一瓶酸奶。他让我挑，我选了橘子。我们就着酸奶和橘子，在宿舍海阔天空聊起天来。他很好奇我作为一个作家的生活，是什么样的。我也很好奇，他创办动物保护组织的人生，有什么故事吗？

聊到最后，凌晨一点多。他突然接了一个电话。

我就全程旁听了。

原来那是一位上海的小动物公益组织负责人。那个负责人年纪大了，而且得了癌症，刚刚结束化疗。身体越来越力不从心，身上的责任，却无法放下。

他就在电话里，给他的同道人鼓励打气。

想想看，他们这也是一条孤独之路。

我们出生在80年代的人，还有着上一代人的传统，责任心比较重。

他从最初的好心，逐渐变成了深深的社会责任心。

老杜感叹：“再说了，那么多人的帮助支持，才走到今天，也不能辜负他们的信任撂担子。”

“花费了十年心血，也不愿意这块牌子被糟蹋。”

算一算年纪，老杜比我大几个月，也是直奔四十岁的预备中年人了。

他人生的大部分时间都花在这件事上。就是他的亲弟弟都很困惑，你做这些到底能赚多少钱？挣不到什么钱，那你干吗要做？

我忍不住就开玩笑了，“老杜你还单身，要不我给你征个婚？我的读者里面有很多女生哦。”

他也哈哈大笑，“真的有用吗？”

有没有用？我也不知道。但是，我希望他在这条道路上，不孤单。

所以，我把他写出来，想让更多人知道老杜这样的公益人的存在。

老杜，叫杜帆。

如果还想了解他多一点，你还可以去回顾过去的新闻，他曾百里截猫，从猫贩子手里解救2800只猫咪。那件事，被国内外媒体关注，影响巨大。

准确地说，我觉得老杜是一个理性的暖男，认真做公益，以理性坚持下去。

你如果拥有可爱的萌宠，记得要给小动物做绝育手术，这才是真正的爱惜小动物，也是对它们的负责。

如果有条件，请多多支持公益，支持动物保护协会。比如去做义工志愿者，捐献食物等等。

最重要的，是希望下一代年轻人当中。有更专业的年轻人，勇于承担责任，接过公益的接力棒。

除了老杜，还要有小杜小李小孙小赵……

*愿静水深流，把惊涛骇浪都藏起来。*
*生命的复杂性在于不能用对错去衡量，只能以心论心。*

## 这封回信，是我的生死观

有一次在西西弗书店现场签售，结束后，有个女孩给我写了一封邮件。

我的舅舅出车祸，离开人世，考虑到外公患有心脏病和高血压，外婆身体也不是太好，如果得知他们唯一心爱的儿子已不在人世，两位高龄老人很有可能撑不过这一关，所以我们一家人决定把这件事情继续瞒下去。

隐瞒这么大的事情并不容易。村里和我外公外婆一同成长起来的老一辈们，甚至骂我姨妈、妈妈和哥哥不孝，这么大的事情都瞒着家里。但我妈当时说："自己的爹妈自己心疼，不能为了面子拿两位老人的生命开玩笑。即使以后事情戳穿了，被外公外婆骂甚至打，只要不让两位老人承受这突如其来的丧子之痛，就值得了。”

当时我们的考虑是，因为从舅舅离世到出殡入土还有一段时间，不要让两位老人受到二次伤害，所以必须隐瞒。之后什么时候说出真相再全家人合计，到时舅舅已入土为安，两位老人只用承受一次痛苦，而且大家平复好心情了，也都有空了，才能分出精力照顾好两位老人。

在前一阵子，外公外婆已经有些起疑心了，因为舅舅在中秋节和重阳节都没来看二老。甚至连电话也没打一个，外公给舅舅打电话，却显示停机，他跟哥哥说让哥哥叫舅舅给他打个电话，哥哥搪塞过去了，但不知道还能瞒多久……

舅舅是外公外婆唯一的儿子，对于有些重男轻女的外公来说，这个儿子就是他的命根子。舅舅刚刚从校长职位上退休，正准备安度晚年之时却遭此横祸。如果瞒，还要瞒多久？还能瞒多久？如果不瞒，应该选择怎样的时机告诉二老？毕竟我们知道，真相大白的那一天，就是这个家天翻地覆甚至分崩离析的那一天，最好的结果也只是两位老人挺住了这一关，却永远失去了活下去的动力……

就像您昨天在书友会上说的，生活中的一切烦恼，当碰到生老病死这种人生的终极问题时，都会变得不值一提，我深有同感。这也是我从记事起，第一次经历生命中的至亲离开人世，让我深切感受到了生命的脆弱和面对死亡时的无助。我和外公外婆感情很深，一方面担心他们得知真相后身体撑不住，另一方面担心他们从此一蹶不振，再无求生的意志。我知道这个问题很艰难，也并非一定要寻求到解决这个问题的正确答案，只是想和您分享一下我的故事，如果有幸能获得您的指点，助我们找到良心上的依托，更加感激不尽。

我的回答：

按照常规的解释，只有在真实的情况下，人才能有真实的反应。在知道了真相以后，才能好好地做出安排。每个人都有权知道至亲现在的实情，承担相关的后果。

我们无法代替他人做出决定，我们也不知道他人对痛苦的承受能力到底有多强，哪怕是我们觉得自己很了解的至亲，我们也不能百分百肯定。到底是被白发人送黑发人的不幸打败？还是临大事，有出乎意料的举动，变得镇定坚强。

如果换成我从前的经验，我可能会建议你如实告诉老人家。但是，现在我的想法有所改变。

因为我对人性有更加小心翼翼的了解。

我另外的一个朋友，也有跟你的家庭里这个事情很类似的状况。她的爷爷奶奶都挺大年纪的，有一段时间身体都不大好，一起住院疗养。后来，她的奶奶先走了。但是，她的家人，也没有告诉爷爷。

在她奶奶病逝之后，平时常常念叨着老伴的爷爷，隔天，忽然沉默了，不再问起老伴。她和家人渐渐地也明白了，爷爷已经发现了。很长一段时间，她的爷爷都不再提及。

我想那就是亲人之间的一种默契和直觉。

再说回到你的来信。我其实觉得，你的外公外婆，已经心中隐约觉察，唯一的儿子出事了。但是对于他们来说，完全不知道如何去面对，所以他们也不会直接地要一个真相。

他们会偶尔试探一下，得到假的答案。然后在你、你的父母和其他亲友一起隐瞒之下，假装什么都没觉察。

他们会焦虑紧张，隔一段时间再试探，再得到假的答案，然后试图欺骗自己。

直到他们完全无法欺骗自己，心中默认了事实。他们才会逼问事实，或者主动承认事实，他们什么都知道了。

这是如今的我，觉得对人性唯有小心翼翼去处理的根本原因。

已经无法在伤害和不伤害之间去选择，已经只能在巨大的伤害和缓慢持久的伤害里，选择一个大家都能承受的。

试想一下，你的外公外婆崩溃失控，身体受不住而出事，你的父母如何承受这种痛苦？你的父母觉得难以承受，所以选择隐瞒。

事实上，我还知道有更加漫长的隐瞒的例子。有的，好些年，甚至十几年的隐瞒。让老人怀着念想。

我们中国人，有深层次的隐蔽的心理习惯，我们觉得活着，维持现状活着，就是最好的。我们更加倾向于选择拖延，默默消化。在期望和绝望之间，在将信将疑之间活下去。

这大概是华人文化的一种特征。**愿静水深流，把惊涛骇浪都藏起来。生命的复杂性在于不能用对错去衡量，只能以心论心。**

如果是我，我同样选择隐瞒。直到瞒不住再说下一步如何去做。最坏的结局，仍然是在意料之中的。就像你的父母决定先安排老人住院了再告诉真相一样。

我有一次看纪录片，是李嘉诚的专访。李嘉诚说了一句话：“一生之中，有什么不如意的事，绝对不告诉妈妈。”

我想李嘉诚这样一个历经世事，如此有阅历的老人，他的人生经验，也会更加贴近人性和人心吧。

*少年时代，做个勇敢的年轻人，*
*多一点精进，少一点自怜。*
*年纪渐长，我希望自己做个温厚的人，*
*不为难别人，成全自己，也成全别人。*

## *幸福是一种能力*

八月时，老友出版了新书，我将书推荐给本市区团委的读书会。之前应邀合作了个人读书会，于是跟团委的书记熟悉了，成为朋友。他是位个子高大、相当英俊的年轻先生。我开玩笑说，明明可以靠颜值吃饭，却偏偏要靠才华。

去读书会的路上，我们一路逛街聊天，听说他近期在招商局挂职。再见面，他清瘦了不少，大概因为工作量更大了。我顿时想起来，逛街的时候路过那个单位，那几栋房子，是旧时建筑风格的老公寓，近百年了。

我忍不住脱口而出：“那边房子好漂亮的。楼下就是修复翻新后的黎黄陂路，一条街到处都是咖啡馆、艺术画廊和中西合璧的花园小餐厅，风情十足。在那儿上班，挺幸福的。”

他说："有时候忙完工作，透过办公室窗户，总能看见新婚的年轻男女，在这条街上拍婚纱照，看着一对对新人幸福的笑容，似乎自己也被幸福围绕。"

说起别人的人生幸福，我面前的这位先生，也露出微笑，那是幸福温煦的表情。

我忽然被他打动了。像我这样多愁善感容易叹息的人，也间接感觉到了一点幸福。

感知幸福，也是一种能力。而这些年，在岁月的磨砺中，我的这种能力似乎减损了一些。以他人为镜子，我照出自己的匆忙和忧郁。我也常常走过黎黄陂路，但对那些拍结婚照的新人，视若无睹。

时间倏忽而过，转眼就到了九月。有一晚回家，细雨斜飘，我举着伞，瞧见水果摊上金黄的橘子，忍不住动了馋心。买了十几只云南蜜橘，再坐出租车，我便拿出一个吃起来。司机从后视镜里发现我在吃橘子，他就问我，待会儿能不能把橘子皮给他。

我纳闷，是要用来泡酒么？他说，是因为上一个乘客喝醉酒吐了，希望拿橘子皮化解一下味道。

我回答，"没问题，我多吃两个橘子，橘子皮都给你。"

出租车师傅连声道谢。

吃着酸酸甜甜的橘子，顺手帮到别人，想起那句老话，赠人玫瑰，手有余香。对于橘子来说，它的一生也很圆满。

无论身在何处，走到年岁的何种阶段，我总在警醒自己，尽量做一个好的人。少年时代，做个勇敢的年轻人，多一点精进，少一点自怜。历史上那个体弱多病的诗人李贺，都放话过：“少年心事当拏云，谁念幽寒坐呜呃。”今时今日，时代给予了我们太多机会，勇猛勤奋者，终不会被辜负。

年纪渐长，我希望自己做个温厚的人，不为难别人，成全自己，也成全别人。在我成名获奖，出了很多书之后，我监制了好几本别人的书，有的费了很大心血和时间。也尽力提携新人，合著出版。两三年里，我还给几十位作家的新书做了推荐，愿大家共同进步。

现在我发现，我还需改变一点点对自己的期望。做一点减法，也做一点加法。我希望自己，更加放松，对自己好一点，超出自己能力的负荷，那就放下，更加爱惜自己的身体。**我希望自己不因生活的痛苦挫败，损耗感知幸福的能力。**

**所谓好的人生，无非是保持感知幸福的能力，并且继续付诸善行。**

*我们最大的忧伤，其实并不是浪费，而是遗忘。*
*生命真正的不存在，也是遗忘。我们写作者所要对抗的，*
*正是这种万事万物的消融和腐蚀，乃至湮灭。*

## 跟旧物说一声再见

住了十年的房子，渐渐地就老旧了。费钱费力重新翻修，要把大量的旧物包裹好，搁置起来。等到返修结束，再把那些旧物拿出来分门别类，一一处理。

原来我买过那么多的本子。

有多年前在北京的五道口书店买的艺术涂鸦风格本子，我只写了开头两页纸，就彻底地蒙上了灰尘。买的时候，花了70元。当时北京的房价，也才几千块钱。不知道那家光合作用书店，如今还在不在？

还有我在广州的宜家，买了随手记本子。先用了一小半，后面的一部分被我涂鸦了。那是因为我在那一家公司上班的时候，常常开会，百般无聊，只好随手瞎写瞎画打发时间。

还有的本子，非常精致，纯手工做的，封皮是牛皮真皮，内页也是仿古做旧的信笺纸，侧边是线装的。那是远在无锡的朋友送给我的生日礼物。当时很喜欢，放了几年之后，牛皮封面都发霉了。心疼一阵，又有点小愧疚。

接下来，是女友的化妆品。瓶瓶罐罐，大概有100多种。有的是韩文，有的是英文，有的是法语。仔细检查，大部分都没有用完，保质期也过了。

还有几只旧手机，连上充电器，开机一看还是好的。当时人人抢购，红极一时。

我找到一张旧发票，上面清晰打印着，索尼牌笔记本电脑。如今，我用的是更加便携的苹果笔记本电脑，当时买下索尼的欣喜，早就丢到千里之外，连它的模样都不记得了。我已经换过好几个笔记本电脑。

至于T恤、鞋子、银戒、铅笔、宣纸，一堆杂物令我惊骇，居然买过这么多东西，却从来没有物尽其用。

从前的年代，上一辈人几乎都在困窘当中长大，度过大部分的人生。他们对物品的爱惜，几乎抵达变态的地步。

我的妈妈拿出一条绿色的裙子，看起来格外整洁，宛如全新。但她淡淡地说，这套裙子有20年了。

而我的父亲，连我的小学初中毕业证、高中毕业证、共青团员证、高考准考证，通通都留着，并且包好放在一个盒子里。爷爷去世后，这包东西被他从故乡老家带回来给我。那一刻，我忽然理解了，《千与千寻》里白龙被千寻叫出遗忘许久的名字的感觉。

其实，我连大学毕业证也只在第一次找工作的时候用过。从此以后，我跳槽换工作凭借的是业界口碑，我辞职回家写作，就更加用不上学历了。既然连大学毕业证都用不上了，何况是中小学的毕业证书呢？

然而，当我在那些中小学的毕业证上看见自己年少时候的照片，时间的意义，如此真切地浮现。少年成为大叔，天真化为忧患。

那么多的本子，都没有写完。那么多的化妆品，都没有用完就过了保质期。我们换过那么多只手机，我们丢了那么多件衣服。

就连曾经为之奋斗的大学证书，也如过眼云烟，不再重要。

假如物品有灵，初次心动，带回家时，一定会对我们说，“请多多关照。”当时的我们，是不是也会回答：“放心吧，我会好好用完你，不辜负你来人世间一回。”

也许，每一次处理旧物，跟它们道别，我们的内心会更加好受一点。

特别值钱的，我们总能二手处理。特别不值钱的，直接送到废品回收的小车上。还有更多处于贵和不值钱之间的，和我们朝夕相伴的细碎物品，它们一点一滴构成了我们的生命经历，却被我们完全忘在脑后。

属于我们的时代，太日新月异了。**我们最大的忧伤，其实并不是浪费，而是遗忘。**

**生命真正的不存在，也是遗忘。**我还记得爷爷奶奶的名字，却已经不记得曾祖父曾祖母的名字。基因通过后代延续，情感记忆时空远隔，荡然无存。

**我们写作者所要对抗的，正是这种万事万物的消融和腐蚀，乃至湮灭。**

感伤片刻，窗外忽然响起小女孩的大声叫喊。

也不知道是谁家的孩子，来找同一栋楼的小伙伴，总是喜欢大声喊她的小伙伴的名字。嗓音清脆尖利，特别惊人，说，周一涵，出来玩。然后她的小伙伴回答，要在家写作业吃饭，妈妈不让出门了。

回过神来的我，忽然微笑了，我心中所有的感伤，一瞬间全部放下了。

*一箪食，一瓢饮，拿捏好分寸，保持味觉的清晰，*
*才能跟喜欢的食物长相厮守。*
*对食物的珍重，也是对自己的爱惜。*

## 给味蕾一点留白

我妈从小教给我，吃东西不要死板，留一口，意犹未尽。

她老人家的职业是会计出纳，业余的副业是厨子。

年少的时候，看什么东西好吃，就跟那种好滋味杠上了，猛地吃上一大堆，很快就倒了胃口。食物过量，满心腻味。原来这吃东西跟绘画也是一样的道理，都特别讲究留白。

问题是，这世上的道理，一大把一大把的。具体怎么操作呢？有时候所谓的适量，其实连塞牙缝都不够。

我童年时代在某个亲戚家做客，吃晚饭的时候亲戚不在，老婆婆拿出一叠腌小洋姜。那口感，清脆爽甜，简直令人惊艳。我问老婆婆是怎么做的？她说秘诀是加一点点花椒水和蜂蜜麻油。

那个蓝白色纹路的碟子里，小洋姜的数量，简直屈指可数。我找老婆婆再要一份，她就笑眯眯地摇头摆手，平时就取一点招待客人。

真的是恨得我牙痒痒，下次就惦记着去她家拜访了。

等到我20多岁的时候，全市里到处流行自助餐。有些比较高级的自助餐厅，开始用进口的海鲜和外国食品。

我就发现，一个人去吃自助餐，非常有研究价值，可以找到自己对每一种美食热爱的程度。而别的饭局宴席，吃吃喝喝是次要的，主要是跟朋友聊天，感情叙旧和交换信息。

我独自去吃自助餐，完成我一个人的课题研究。

比如北极甜虾，我就专心致志地吃它。吃到第6条的时候，最初入口的咸鲜甜润，就变成了腥味。我明白了，吃这玩意儿得控制在这个数目以内。

比如大闸蟹。一般半斤左右的大闸蟹，吃到第四只的时候，无论如何，我都觉得够了。

比如花螺。东南沿海的宝贝特产，堪称正宗的小鲜肉，牙签挑出来，也就大拇指的指甲盖那么大一颗。加一点黄酒红烧，或者白灼粘海鲜酱油，味道都非常棒。我大概吃了半斤，数一数有四五十颗的样子。简直跟嗑瓜子一样，令人上瘾。

比如榴莲酥，最多两枚。吃到第三枚的时候，油腻感就冒出来了。

广东人吃早茶，腊肠虾饺凤爪烧卖和萝卜糕等等，一盅两件，就得搭配着发酵过的乌龙茶消食。才能继续吃，享受其他美食。

不过在我看来，这般粤式饮食，虽然惬意，但有点作弊的嫌疑，不过是靠着茶叶帮助肠胃解腻而已。

中国是一个美食大国。每个省份每个地市都有各种好吃的，但是，要想吃得恰到好处，实在是一门功课。这属于每个人自己的独门功课，谁也没法代替谁。

我们来到这个世界上，是一趟有来无回的旅行。凭借自己的双手赚到收入，然后享受美食，应当找到自己胃口的份额，爱惜自己的感官体验。人类吃东西不光是为了填饱肚子，也是享受味蕾刺激。不加节制，便很容易由爱生恨，暴饮暴食，锦绣良缘，终变成反目成仇。

**一箪食，一瓢饮，拿捏好分寸，保持味觉的清晰，才能跟喜欢的食物长相厮守。对食物的珍重，也是对自己的爱惜。**

*最烂，如果喜欢做演员，还是要演，*
*并且要把最烂奖杯摆在架子上，不必逃避。*
*最佳，更要好好演，要对得起欣赏你的人。*

## 没有什么最烂，也没有什么最佳

我生之初，属于我的那个时代，全部的世界认知教会我的，就是我最初的构成。

教科书里写的每一种品德，耳朵里听到的每一种训诫，电视里播放的每一种规矩，源源不绝，四面八方。

几乎任何一个人都是这样的吧。有生之初，每个孩子都是一块橡皮泥，被这个捏一下，那个捏一下，最后灵魂成型，奇形怪状。

我小时候听过一个民间传说，有的孩子从小被遗弃了，丢在原野和森林里，被狼收养了，结果变成了狼孩。虽然是人类的孩子，却有狼的习性。后来回到人类世界，就被当成了怪物。我就忍不住想，这个狼孩，面临自我认知判断时，心里该有多么困惑。我是谁？我从何来？到何处去？

据说这个问题很终极，无数聪明人想破脑袋，想来想去变得神经兮兮了。

可是呢，一个人一生中，如果从来没有想过这些问题？那怎么算人生呢！

2010年美国奥斯卡电影颁奖现场，有个人的发言很有意思。桑德拉·布拉克，得到了奥斯卡最佳女主角，也得到了金酸梅奖——一个搞笑的评选最烂的奖。她说经过了大喜大悲，想起妈妈曾经告诉她，别听他们的，做你自己就好。

你看，成为影后之前，她也获得了这样的认识结论。有人说你最烂，也有人说你最佳。

最烂与最佳，居然都集中在一个人身上。你不会怀疑吗？

这个世界上，有太多东西真伪不定，它取决于外界的游戏规则。

人只能认可自己。

**最烂，如果喜欢做演员，还是要演，并且要把最烂奖杯摆在架子上，不必逃避。最佳，更要好好演，要对得起欣赏你的人。**

我有时候会想象，如果我是那个传说中的狼孩，会有什么心路历程——有一天我明白了，我来自我自己的命运，与其他人不同，我不会拿餐具进食，不懂天文地理，那么，我必定会惶恐。

这份惶恐，只因为你不是别人认为的那个你。

你要听话，你要顺从，你要老实，你要勇敢，你要自信，你要强大，你要成功，你要门门一百分，你要吃得苦中苦，你要做得人上人，你要精明，你要会做人，你要杰出，你要……

你是好的，你是坏的，你是笨的，你是傻的，你很自卑，你好弱，你太失败了，你……

这些“你要”，这些“你是”，会一直存在，永远存在，就像这个世界上永不磨灭的噪音。

重要的不是我是什么构成，重要的不是你要。

重要的是，你选择了做什么样的自己。

而这，需要你一点点剔除，剔除这个人施加给你的偏见，剔除那个人施加给你的强迫。尽管这些施加的人当中，包括我们所爱的人和爱我们的人。他们自己其实也并不高明。

尽管我们要经历痛苦和怀疑。

但最终，我们会遇到只拥有我们自己的时候，也会遇到一些只有自己独自面对一切的时候。

如果他们问狼孩，你究竟是狼，还是人？或者你就是狼人。

有什么关系呢！是什么都好，我都要好好地活啊。

《空之境界》里有个说法：**我们并不是背负着罪来选择道路，而是应该背负起所选择的道路上的罪。**

这话也适用于“人生选择”，路还是由自己去走，只不过，我们不应该为了背负起别人的期望和意识而选择做什么，也不应该被过去的自己束缚住。我们是为了成为什么样的自己，而去背负起我们要付出的代价。

所有的赞美，我都承受得起。所有的诋毁，我都消化得了。

生命原本就是仅此一次的来人间，看看太阳，看看月亮和群星，再悲欢离合几个回合，把我们的聪明才智，淋漓尽致发挥出来。吃自己喜欢的东西，远离讨厌的人。

没有什么最烂，也没有什么最佳。

只有你自己。

*就像小说《了不起的盖茨比》里最后那句话，*
*“于是我们继续奋力向前，逆水行舟，*
*被不断地向后推，被推入过去。”*
*每一代人，都有属于自己时代的传奇。*

## 我们这一代人的传奇

一转眼，八十年代出生的人，已经是中年人了。

我曾经在《中国青年报》上发表文章，探讨七十年代人和八十年代人的差别，那时候，我只是个十八九岁的大学生。并不知道，光阴的速度，犹如风驰电掣。

只有当我们的青春时代已经结束，我们才能看清楚来时的时代。

那是一个黄金时代，中国前所未有的飞快发展。那是真真正正的日新月异，以至于我们这一代人有很多有趣的事发生。比如有的同学，读着读着，小学初中高中就没了，被合并了。因为独生子女大量存在，没有那么多孩子了，于是各地的小学中学招不到足够的生源，干脆合并。

浩浩荡荡的潮流，无法阻挡。

再后来，连大学也被合并了，没了。

有的孩子的中学，直接就关门倒闭。

我自己上过的初中，就在2012年消失了。被一栋商业楼取代。幸好我在十年前，2008年的时候，回故乡探亲，恰好带了一只便携的数码卡片相机。我不知不觉逛到中学，咔擦咔擦拍下了教学楼，还有教学楼下的乒乓球台，还有围墙旁边的腊梅树，以及正在嬉闹的学生们。

至少，还有照片可以记忆。

我们，堪称没有母校的一代。

有个读者告诉我，“有的时候想回母校看看老师，发现初中英语老师去商场上班了，初中班主任开始做餐饮了，高中班主任在做石雕生意，高中政治老师在做化妆品微商。”

还有个读者更逗，说道：“高中老师当滴滴司机了，叫车的时候遇到了。”

这个时候这孩子叫一声师傅，老师该百感交集吧！

独生子女的政策，直到最近几年，才画上历史句号。

有过最孤独的童年，没有兄弟姐妹的我们，其实深深影响了我们的心理状态。最终，还会影响到我们的中年和晚年。

我们这一代人，有些人，注定没法像那些过去的人，白发苍苍的时候，站在母校的校门口，合一张影。

我们这一代人，有些人，注定没法在春风得意或中年落魄的时候拜会自己的恩师，一吐衷肠。

但是我们这一代人，也涌现出了特别多的年轻人成功的故事。走出了过去的传统单位，获得了新的人生。

**就像小说《了不起的盖茨比》里最后那句话，“于是我们继续奋力向前，逆水行舟，被不断地向后推，被推入过去。”**

每一代人，都有属于自己时代的传奇。

*让美丽的归于美丽，智慧的归于智慧。*
*保持美丽非常好，美丽甚至也是抵达实力的一种强大条件。*
*但美丽永远是第二位的，是附属的。*
*那些拥有实力的人，才拥有最终的决定权。*

## 美貌与智慧，你选哪一样？

钟无艳是历史上大名鼎鼎的丑女，但她却身体力行，宣告天下，一个人的才能璀璨夺目，比长得好看厉害太多了。

钟无艳是山东人，想想看，这个女孩子多半长得很高大，反正我有一次去北方办讲座，到了机场，一看来接机的女孩，有一米九那么高，仰望得脖子都酸了。

西汉的刘向说钟无艳额头高，眼睛凹，肚子大，鼻子朝天，还有喉结，脑袋肥，头发少，人也黑。

这不就是一个邋遢丑陋的秃头男子吗？

我觉得吧，刘向就是在胡扯，为了衬托出钟无艳的内在美，干脆把她的外表贬到十八层地狱去了。其实，一个人想长得这么丑，也是很难的。真实的钟无艳，充其量也就是长得比路人差一点。

虽然颜值低，但她爱读书，是个学霸。熟读诗书，胸怀治国安邦的远大志向。

钟无艳四十岁了，还没嫁人，便自己去拜见齐宣王，提意见，献上策略，说现在秦国和楚国那么强大，你齐宣王不爱跟贤臣玩，就知道跟一群谄媚小人厮混，饮酒作乐，欢饮达旦，内政外交一概不用心。

这是什么样的胆量？万一齐宣王一生气，可是要砍她的脑袋的。

但是钟无艳吓醒了齐宣王，内忧外患，搞不好就当了亡国之君，钟无艳说的都是事实。

齐宣王干脆让钟无艳当了正宫王后，协助他管理国家。拍马屁的人，让他们滚蛋，把钱用在刀刃上，比如军政，比如民生。齐国开始渐渐好转，变得井井有条，日益强盛起来。

到了元代，民间编剧们当然不肯放过这么好的素材。于是钟无艳的故事，渐渐流传成了爱情故事，为了让故事好看，还给她找了个对手夏迎春。

元杂剧里的夏迎春貌美如花，深宫里陪着齐宣王醉生梦死，欢爱无限。齐宣王就冷落了丑女钟无艳。

但是美女只有美貌，耽误了齐宣王的国家大事，齐宣王沉迷美色，不理朝政。周边的邻国一看，时不我待，机不可失，乘虚而入，杀上门来。

国家出问题了，有安邦定国之能的钟无艳就出场了，她收拾残局，率兵打退了侵犯齐国的秦国燕国大军。那句有名的“有事钟无艳，无事夏迎春”，就由此而来。

然而古代的编剧们，真的太小看钟无艳了。

一个敢自己找上门给国王冒死进谏的女人，一个等到四十岁也没出嫁的女强人，会一腔哀怨？一个能够率兵打仗的奇女子，会去跟后宫妃子争风吃醋？尤其是她本来就是正宫王后。

而能被钟无艳的严厉批评唤醒的齐宣王，能赏识她的内在光芒的齐宣王，也不是寻常君王。他还是知道谁是真心为他好，为他的国家好的。

喜欢涂脂抹粉的美女，就去专心保持娇滴滴的美丽，安心讨好君王吧！大女人钟无艳根本没兴趣干这些事情。她读了那么多书，顾不上修饰外表仪容，她想要的是建功立业，跟齐宣王成为最好的战友，赢得世人的尊敬和仰望。

钟无艳的人生，其实也有深刻的启示，**每个人都有属于自己的价值，属于自己的一席之地。世人赞颂美女，喜欢美女，但美貌不是女子唯一的价值。**

现在一大堆鼓吹女性要搞定男人的毒观点，宣称搞定有钱有势的男人，就能一步到位，大牌包包、名牌口红买买买。还把爱情扭曲成爱你就要给你一切，否则就不够爱。这跟两千年前的钟无艳一比，简直就是低级单细胞生物的活法，把女性引导向更加低能、白痴、寄生虫的地步。

单细胞的人，理解不了更高的境界。钟无艳首先是有自己的思想，其次有实实在在的个人能力。最后，她跟齐宣王是一起论天下、谈治国的伴侣，也是深度建立联系的家庭成员。伴侣的最高境界，就是可以并肩作战，甘苦与共，同欢喜，也共繁华。

一个人的时间和心思花到什么地方，就会获得什么样的回报。埋头做个涂脂抹粉的美女，著名到杨贵妃的地步，唐明皇那么宠爱她，最后也只能牺牲她，换取士兵们的忠心。而钟无艳，齐宣王反过来要靠她救国。谁敢牺牲钟无艳？

真实世界里，爱情总是青睐更好的人。

**让美丽的归于美丽，智慧的归于智慧。保持美丽非常好，美丽甚至也是抵达实力的一种强大条件。但美丽永远是第二位的，是附属的。那些拥有实力的人，才拥有最终的决定权。**

首先必须是一个大写的人，然后再分男女。无数人说钟无艳丑，但她根本不在乎。她才是堂堂正正，想爱就爱，不想爱，大可不爱的奇女子。

# 第四章 / 请相信，总有人在偷偷地爱着你

爱是最俗套的字眼，但爱也正是人生中最大的意义。

如果没有爱，生命本身有什么意义？如果生命没有意义，睡着和醒来有什么区别？

*爱是最俗套的字眼，但爱也正是人生中最大的意义。*
*如果没有爱，生命本身有什么意义？*
*如果生命没有意义，睡着和醒来有什么区别？*

## *此生最重要的三件珍宝*

我推荐你一定要去看《神秘巨星》，因为它是一部伟大的电影。印度电影因为有阿米尔·汗而值得称赞。

伟大的电影千奇百怪，各种模样，但它们一定有共通之处，那就是有意义，并且这个意义绝不复杂，直指人心。

坦白说，我真的是在电影院从头哭到尾。完全无所谓剧透的核心情节，一个印度小地方的女孩，自带音乐天赋，在YouTube上传了她唱的歌，因为害怕爸爸的拳头，她不得不听从妈妈的建议，戴着黑色罩袍唱歌。

一个平凡妈妈，自己被压迫，受到屈辱，活得生不如死。当自己的女儿也面临这样的命运安排，自己的儿子，也有可能长大了变成那个残暴的父亲，怎么办？

第一，还是要依靠亲情。孤军奋战太艰难，亲人是我们近在咫尺的战友。

家人创造了我们，婴儿诞生之后，注定让家庭发生变化。

在重男轻女的社会，一个女孩的到来，造成无数的悲剧。女孩本来没有做错任何事情，只因为她是女孩，有的亲人就被扭曲成丑陋的样子。

有些愚昧，就是要大张旗鼓地抨击，比如重男轻女。过去的世世代代，出于利益的压迫，出于单纯的愚蠢，出于人类的落后，有着漫长的男尊女卑历史。

但是我们这一代人读书明理，习得智慧，增广见闻，至少能够从自己做起。

男女平等，是对男女都有好处的进步。否则这种愚昧就会反过来损害我们，反噬我们，继续伤害下一代。一个备受摧残的软弱母亲，如何让孩子在温暖和爱中长大？

当孩子无法忍受，强烈要求妈妈一起逃跑，离开这个家庭，出于惯性，出于对孩子的牵挂，娜吉玛陷入犹豫。她并非愚蠢，也不懦弱。她只是太孤立无援，一个人与整个国度的陋习传统对抗，太力不从心。她曾经为了心爱的孩子，抗争过，耗尽了心力。

没关系，人生勇气从来不是一蹴而就的。一次又一次的压迫挫败，愤怒眼泪，一次又一次的妥协屈从，直至爆发。

在娜吉玛尽力给女儿自由和爱的过程里，天才的种子，在最贫瘠的土壤中也发芽了。娜吉玛偷丈夫的钱，给女儿买吉他。娜吉玛卖掉金项链，给女儿买电脑。

不知不觉，女儿显现出音乐的天分。不知不觉，女儿继承了她的前半生斗志，拿着学生证，独自坐飞机前往孟买，成功地跟大制片人接头，并且成功地用歌声说服了制片人。

电影一开始的时候，我特别奇怪，年纪小小的尹希娅为什么总是一副无所谓的笑脸。一刹那就明白了。那是熟悉无比的无可奈何，是隐忍。她目睹所有的家暴和不幸，是痛苦和天赋，催生了她歌声中的力量。

尹希娅的妈妈，娜吉玛年轻时候拼命和整个印度社会的重男轻女习俗对抗，不愿意堕胎，跑掉了，生下女儿才回来。一个母亲的伟大之爱，令世界上多了一个小生命，尹希娅。

妈妈教会了女儿什么是爱，孩子反过来激发了她的勇气。是女儿尹希娅，让她的妈妈娜吉玛完成了第二次成长。看着女儿唱出天籁之音，看着女儿拥有百万粉丝，看着女儿走向世界，看着整个国家喜欢着女儿的音乐作品。这个妈妈，内心其实翻江倒海，引以为傲。

一个勇敢的妈妈，一个强大而有智慧的妈妈，对于孩子来说，胜过动不动殴打家暴的父亲一万倍。一个有欢乐和爱的单亲妈妈，胜过貌合神离的虚伪婚姻一万倍。

其实好的爸爸，同样如此。爱和耐心，才是孩子渴求的永恒光辉。

人生的勇气从何而来？相爱的人，彼此的激励和鼓劲，同仇敌忾，最终走向坚定无惧。

第二，还是爱情。钦腾是尹希娅生命中最好的礼物，一个爱她的男孩。

那个嘴巴瘪瘪的，牙齿也不整齐，面色黝黑的男孩，对尹希娅怀着最深的爱情。

这也是伟大电影的靠谱之处，聪慧灵秀，眼睛有灵魂光彩的女孩，搭配了一个朴素无华的男孩。电影没有找一个美少年当男配角，是导演的高级境界。

永远不要拒绝一个真心爱你善待你的人。如果你因为自己的无助愤怒伤害了他，抓紧时间道歉，重新和他在一起。

真正的爱人，是你人生道路上最有力的后援，最长久的支持者，并肩作战，温柔深沉。

如果没有钦腾全力付出，为她应援，尹希娅早就计划破灭，半途而废，甚至根本不可能接到制作人夏克提的电话。

那男孩，是人世间的珍宝，是尹希娅的福气。当她用男孩的名字设置成电脑密码，就意味着她早已懂得，欣赏接纳一个人的高贵美丽，源自内在。

钦腾这个男孩的聪明敦厚，还体现在点醒尹希娅，不要只看新闻八卦的表面，他的父母也离婚了，但是他的爸爸，并不是坏人。

钦腾的存在，让尹希娅不至于走向偏见，走向“厌男症”，变成那种嚷嚷“男人没一个好东西”的女人。

世上当然有优秀智慧的男子。只不过优秀智慧的人，会喜欢同样优秀智慧的恋人和伴侣。

成为伴侣，意味着两个人从此绑定一体，一荣俱荣，一损俱损，从此相互呵护，相互支撑，相互协助，斩去一路的荆棘野草，共建美好家园。

第三，还有这个世界的善意。看似渣男的音乐制作人夏克提，其实是个纯真的孩子，他的老江湖行径，油腻的言行举止，其实是他用来保护自己的面具，在娱乐圈生存的道具。这个花心大男孩，成为改写了尹希娅的命运的关键人。令尹希娅最终站上舞台，有勇气说出心中的话。

能写出打动人心的音乐作品，夏克提这人坏不到哪里去。

在尹希娅的黄金嗓音重新唱起他十年前的旧版本曲子的时候，他就泪流满面，暴露出了自己的深情。

他们有共鸣。天才和天才惺惺相惜，有更高境界的天才，根本不会打压年轻的才华新星，而是会尽力帮助新星，成全新星。成为下一个天才，也就是成全他自己。

这个世界会更好。那些觉醒的英雄，那些抗争过的勇士，为我们留下了故事，化为电影，化为小说，化为艺术，化为歌声。

这世界从来不是一下子变好的。是一点又一点地推着巨大的石头前进，是一代人战斗，下一代人继续战斗。是一百年未完成，下一个世纪继续。

**爱是最俗套的字眼，但爱也正是人生中最大的意义。**

**如果没有爱，生命本身有什么意义？如果生命没有意义，睡着和醒来有什么区别？**

《神秘巨星》这样的电影，比那些晦涩阴暗揭露人性号称艺术片的电影，好上一万倍。观众又不是瞎子，俗世的残酷冷峻和险恶，哪里看不到？但是伟大的作品，总能再一次给我们温暖和勇气，令自己和所在的处境，更好一点，而不是更加恶劣。

并不是人人都能扭转命运，改写人生，走上巅峰，万众瞩目，但是我们心中的微火，凭借一次次地复习这种斗志，吸收燃料，一次次地顶礼英雄人物，从而获得走上山顶的勇气。

娜吉玛的底线，是女儿的吉他。她在机场跟丈夫的对峙，绝对可以留在影史里。那么大快人心，那么破釜沉舟，那么沉痛而勇敢。

尹希娅和她的妈妈娜吉玛，夏克提，钦腾，还有体贴的弟弟古杜，还有那个睿智的姑婆，共同完成一颗神秘巨星的诞生。

我看这部电影，像做了一个长梦，长梦醒来，胸中的激动余温，并不会化为灰烬，而是会温热地燃烧下去。

其实，那三件人生的珍宝，也可以融为一句话：**人生自有眼泪和欢笑，但我最骄傲的是，我守住了自己最在乎的东西，和所爱的人，一起并肩作战，直至打败我们内心的畏惧。**

*“人死后，会去爱你的人心里。”*
*我们的肉体化为尘埃灰烬，烟消云散。*
*但是爱着我们的人，会记住我们。*

## 如果你活着，请别忘了我

人的一生如此匆匆，光阴飞逝如电，然后死去。其实我们最害怕的并不是孤独，而是被遗忘。

我一个人去看了电影《寻梦环游记》。电影结束之时，我后排的座位上，居然响起了掌声。

我在电影院里见过欢声笑语，见过热泪盈眶，见过一片骂声，却是第一次听见这么多掌声。

在不知道如何表达心中高山大海一般的感动时，唯有鼓掌。

电影主角米格，是一个喜欢音乐的墨西哥小男孩。可惜他的奶奶，他的姑妈，他的舅舅，他的父亲、母亲，通通仇恨他碰音乐。

这世上没有无缘无故的仇恨。这份仇恨源远流长。在许多年前，米格的高祖母伊梅尔达和他的高祖父是一对恩爱的夫妻。

高祖父喜欢音乐，抱着吉他无比深情，他要去大城市实现自己的音乐梦想。

一个人的故乡，放不下他的理想，高祖父狠心丢下了妻子和自己的女儿可可，一去不返。

满心怨恨的高祖母伊梅尔达，从她的生活当中彻底封杀了音乐。这个封杀令，一直延续到她的子子孙孙，延续到曾曾孙——十几岁的米格身上。

血脉的渊源，如此神奇。米格天生就喜欢音乐，他对吉他痴迷。以奶奶为首的禁令坚定捍卫者们，挥舞着拖鞋，殴打教米格弹吉他的歌手，一次又一次地打破米格的音乐梦。

直到亡灵节来临，小镇上也要办音乐会。米格再也按捺不住内心的呼喊，他要寻找机会，去追逐自己喜欢的音乐。

他去偷一代歌神德拉库斯的吉他，意外发现那是他的高祖父。

家里的灵坛祭祀供奉的高祖全家合影，偏偏缺了一角，没有高祖父的身影。

米格凭借吉他的外型款式，认定了德拉库斯就是自己的高祖父。亡灵节这个最奇妙的夜晚，米格居然穿越到了亡灵们所在的冥界。

米格一股脑儿见到了他去世的各位先辈亲戚。因为在亡灵节，家家户户祭奠先人的万寿菊花瓣，飘飘扬扬地凝聚起来，搭成一座座花瓣桥。

只要家里还供奉照片，死去的人就能够回来，与他们活着的亲人重逢。

高祖母伊梅尔达吹起花瓣，就能把误入冥界的米格送回人间。但是高祖母始终坚持她的仇恨禁令，她绝不祝福米格玩音乐。

于是米格不肯屈服，一路逃跑，遇到了流浪的亡灵歌手埃克托。

说到这，我就不再交代电影的情节了。我想讲一个真实的小故事。

我在去年和一位电台主持人合作出版了一本书。

那是一本为别人解答烦恼问题的书。后来我们在书店里做了一场发布会，来的人有听众，有读者。

其中有一个女孩子向我提出了一个问题。她提问的时候，表情非常的奇特。

她告诉我，她是从外地城市赶来的，一直犹豫着要不要跟自己的男朋友分手，她想听听我的答案。

我本来以为，这是一个很普通的恋爱失败的故事。我记得我一开始这样劝告她，如果缘分尽了，那就好好地告别，继续沿着自己的人生走下去，去寻找别的愿意跟你在一起的人。

那女孩摇摇头，她的表情告诉我，这个答案，不符合她。

那是一种深深的哀伤的表情。她停顿了一会，终于讲出了真相。

她被检查出来患有绝症。相恋几年的男友不舍得分手，想陪伴她走到尽头。

她的心中充满了对死亡的恐惧，非常渴望恋人能一直陪着她。可是她又那么地爱着自己的恋人，不希望拖累男友，不希望他从头到尾目睹自己的死亡，那会留下永远的伤痕。

她提出过分手，又复合，又满是纠结地想再次分手。她已经听过了太多劝解和安慰，现在想听一听我的想法。

我陷入了深深的沉默。我该如何回答她？我真的有答案吗？

现场所有的人都不知所措。

我问那女孩："你害怕吗？"

她眼里噙泪，回答说："害怕。"

她又补充："一开始很害怕，但现在并不是那么害怕死亡了。我害怕别的。”

我接着她的话说：“我明白。”然后，我词穷语歇了。

现场的观众，纷纷交头接耳，都在为那个女孩感到难过。我不知道过了多久，脑袋里面空白了片刻，大概真实的时间只过去了一两分钟。

我突然想起，曾经有人在微信号的后台问我：人死后会去哪里？

我后来公布了回答：去爱你的人心里。

我把这个答案重复了一遍，说给那个女孩听。

**“人死后，会去爱你的人心里。”**

**我们的肉体化为尘埃灰烬，烟消云散。但是爱着我们的人，会记住我们。**

直到这些爱我们的人年纪大了，逃不脱死神的召唤，带着关于我们的记忆死去，那就是终极的死去。

我万万没想到，我会跟这个人生的终极命题，在电影院里重逢。当真实的人生，和一部外国电影重叠在了一起。我就没法控制自己，眼睛酸热，满脸是泪。

电影里，流浪的亡灵歌手埃克托说，彻底被遗忘的人，将会永远的消失，那是终极的死亡。

埃克托无论如何也放不下自己的女儿可可，他想再回去看望她一眼——可可就是米格的曾祖母。

歌神德拉库斯是个欺世盗名的假冒伪劣品。他和埃克托搭档表演，他们在小旅馆里争吵起来。

埃克托告别了故乡，抛下了妻子和女儿，却发现自己的心中始终念念不忘。

思念太深刻，太痛苦，令他写下了传世名曲。埃克托受不了刻骨铭心的思念，思念妻子伊梅尔达，还有女儿可可。

一瞬间他下定主意，他要回到最爱的人身边。德拉库斯却不答应，万众瞩目的耀眼，滚滚而来的名利，才是他最想要的，他用毒酒谋杀了埃克托，唱着好友创作的作品，赢得万千粉丝和荣耀。

埃克托，只想回到小小的女儿可可身边，再次对她唱起那首《记住我》。

人世间的小女孩可可，已经是白发苍苍佝偻身躯的老婆婆。

可可，是人间唯一记得埃克托的人。如果连可可也老到忘记了他，他就会彻底消逝，就算可可到了冥界，他再也无法实现心愿，看他爱的女儿一眼。

米格戳穿了德拉库斯，带着高祖父的祝福回到家中。对着曾祖母可可，唱起《记住我》。可可快要彻底遗忘的记忆，终被唤回，轻轻地喊出一声“爸爸”。

她想起了自己的爸爸埃克托。

电影有最美好的结局。米格弹着吉他，唱起歌，还有了一个妹妹。全家人改变了态度，不会强迫他做鞋子了。

无论我多么感动，离开电影院，走出百货大楼，我还是从一片漆黑，回到了白昼。

冬日的大街上行人川流不息，我不由发呆怔住。

那个向我提问的患有绝症的女孩，你还好吗？你拖着病体，乘坐高铁来到家乡以外的城市，来参加你喜欢的电台主持人和作家的新书发布会，你想听一听作家的回答，而我所能给你的答案，那么简单，非常有限，仅此而已。

我并没有高深的法力，化解人世间至深的哀伤与思念。我只能说出已知的一点事实，就像这部电影一样：亲人的眷念，爱人的记忆，就是我们面对死亡唯一拥有的力量。

但愿你还在人间，而你的男友还陪着你。无论如何，你已经成为你的恋人的记忆。

我确信，有生之年，他永远不会遗忘你。因为我们每个人都会死去，死后，会去爱我们的人心里。

*若有人握住你的手，你就不孤独。*
*若没有人握住你的手，你就伸出手，主动去握住对方的手。*

## *若有人握住你的手*

30岁那年，我在广州一家杂志社做主编。因为很讨厌挤地铁，我就租了公司附近的房子。走路去上班，只要五分钟，还能经过便利店买一份饭团和豆奶。

房子是某个军区的家属宿舍楼，一共有九层，不带电梯。时间太紧促了，我临时决定就职，虽然只有八楼的一间单间，我还是租下了。

在此之前，我到广州旅行过很多次。真正住下一段时间，我才发现南方的天气是多么的潮湿啊。草木似乎生长得格外茂盛，墙角夹缝，屋顶或者楼梯之间，无处不在。难怪那些民谣歌手们，动不动就喜欢写南方。

要命的是，衣服总是干不了。夏天炎热高温，呼吸的时候就像在蒸桑拿。

我自己在武汉的房子，要么在一楼，要么有电梯。对比起天天爬楼的上班生活，还要匆匆忙忙地按指纹打卡。我第一次对自己产生怀疑。我为什么要在这个城市，吃这份苦？我已经不是初出茅庐的年轻人。

尤其是谈好的薪水按一个主编来计算的，然而到任后我主管的是两本杂志。这不就相当于打了五折吗？不知道是我傻，还是这公司把我当傻瓜。

还有把封面做得烂透了的美编，还有人力资源部新招聘来的“白纸”小编，连稿子里的错别字都不修改，还振振有词狡辩作者就是怎么写的。

这也不是我第一次做主编，我对这些家伙失去了耐心和容忍。

最令我受不了的是，这公司渴望着挂牌上市，财务每天都在重新做账，所有不善于填表格的职员，痛不欲生，怨声载道。大量时间耗费在反复填表，填各种流程例会报告上。我从前工作过正儿八经的杂志，都没这么烦琐无聊呢！

我忍不住单独找总经理聊了一下。我甚至在开晨会的时候拍桌子，骂了财务主管。开完会之后，我手下小编偷偷跟我说，从来没有人像你这么胆子大。据说财务是最大的老板的亲戚。我忍不住冷笑了一下。

继续上班的日子，并没有人敢来惹我，也没有什么打击报复。甚至有的部门主管很佩服我敢说，而他们敢怒不敢言。

我是一个异类，在那个公司里。这种孤独，难以言喻。

某一天早上，我刷完牙，洗完脸，一步一步往楼下走。忽然看见一楼掠过一个白色的影子。那是一只小小的雪白的博美犬。平时都是它的主人牵好狗链，带着它溜达。那次不知道怎么回事，狗主人居然放纵它，快活地撒欢。

我旁观了几分钟。博美犬一会儿上蹿下跳，一会儿在花坛里打滚。那几分钟的时间，特别的漫长。

我想起我曾经养过的那只狗了。我放弃自由自在的生活，是因为还有一点点事业心。25岁那年辞职后，在五年的自由职业生涯里，我其实有一点怀念上班的状态，有同事一起热热闹闹逛街寻觅美食，有看不惯的事情可以开骂吵架。一个人旅行写作出书，始终还是有一些寂寞。

所以我接受了这家公司的邀请，南下一千多公里，又去过朝九晚五的生活。

这是我短暂的不坚定。我后悔懊恼了。

那天回到办公室后，我写了一封非常简单的离职信。

也许天底下并没有太好的公司，也没有太坏的公司。只有自己是否需要这样的工作。

我给房东打电话，告诉她，我不要押金了，后天就回武汉。

我收拾好我的笔记本电脑、文件资料，把还算簇新的被子用品送给了当地的朋友。凌晨两点的时候，我清醒得像一只猫，在高楼上，眺望夜里的广州，灯火璀璨的街市，隐约能够听到几百米之外，吃夜宵的店子里的喧嚣声。

那一刻，我的心中又欢喜，又寂静。

我喜欢粤式的早茶饮食，也喜欢我的朋友们。但我更喜欢与自由结伴而至的孤独。

这孤独是我不可或缺的，须弥不能离开的。清醒有力量。

这是我为自己选择的道路，只犹豫徘徊一次，一次就够了。我得以复核，确定自己的内心。从此绝不回头，义无反顾。

后来，我自由自在做自己想做的事情，我的收入是我上班时候的十倍以上。

三十六岁时的我，如果感到孤独，会自己排遣和化解。

遇到气味相投的伙伴，就尽情玩成一片。别管什么面子身份。

听到喜欢的声音，就主动去告诉他：我想跟你合作，给你写一首歌吧！

最近一次的觉察孤独，是去山中待了七日。

人生自有花好月圆，自有绵绵情思，穿山渡河，雨雾风冷，我千里迢迢，经历了这天地的万籁俱寂，心中忽然想起你，我就成了孤独。世上风景再好，也不过如此。

我想起我爱的人了，想起我家中的宠物了。

孤独是我们的一部分自我。时常感到孤独，恰恰是因为我们还活着，还有渴求。

我曾经反复书写过孤独，一再为孤独唱赞歌。其实孤独和其他的感受一样，七情六欲，指向一个共同的事物。

在祖父祖母都去世后，我心中总有不安。有一次，我向熟悉的心理学老师咨询，为何不安。

他回答，因为祖辈逝去，代表着生命的进程，一步步逼近。从前觉得最后一别尚且遥远，祖辈还健在呢！但祖辈走了，就不得不接受事实与真相。时光飞逝如电，人始终得孤独告别。

人生有涯，小半生过完，还想实现什么，还想追求什么？还想珍惜什么，还想享受什么？而今心念已经澄澈明白。

**若有人握住你的手，你就不孤独。**

**若没有人握住你的手，你就伸出手，主动去握住对方的手。**

*一个男人真正爱一个女人，他一定会把她当成一个人，*
*当成准备白头偕老的伴侣。好的伴侣，一定是越来越有默契的。*
*懂得配合双打，来抵御克服人生中的风风雨雨。*

## 这世上最好的祝福

最近我看了一部韩剧，叫《今生是第一次》。里面有好几段台词，深深地打动了我。

男主角是个程序员，女主角是个编剧助理，都在大城市打拼生活。韩国编剧没有像中国电影那样写角色，志明和春娇常年拉锯战，双方幼稚、缺乏安全感、长不大，很不容易才醒悟一些人生道理。

第二集男女主角就准备协议结婚了。男主角对女主角的妈妈说：“智昊是一个很坚强的人。决定要开始写作的时候也是，决定不再写作的时候也是。结婚也是为了自己才做出的选择。看起来好像柔弱腼腆，但其实是坚强的人，是拥有出色的内心秩序的人，所以不会做出让自己不幸的事的。而在这段婚姻中，我能做的，是不妨碍她去做选择，这是我能向您保证的全部，很抱歉。”

岳母这样回答：“并不是结了婚就要把幸福交给对方，谁又能让谁幸福呢？在这个独自一人都难以幸福的时代，不拖累对方就是最好的了。比起说什么不让她手上沾一滴水这种话，我更喜欢你现在的话。”

这世界上多的是冠冕堂皇的誓词套话，结果鸡飞狗跳出轨偷腥一塌糊涂。

但这世界上也有知心默契，低调平凡，彼此都以对方喜欢的方式去尊重对方，而不是单方面地幻想幸福的人们。

相比起所谓的世俗幸福标准，真正走心爱你的人。他在乎的是你这个人，而不是其他。

《今生是第一次》里面，按照传统习俗，男女主角相互要去对方家里拜访。

于是女主角在公婆家里辛苦了一晚上，做了各种家务活，扮演好媳妇。网友为此发明了一个词，“好媳妇病”。其实，好女婿病，也对应存在着。

但是，男主角最终说出了这一句：“韩国传统有什么重要的，我们的传统才重要。”

如果换成中国的偶像剧，说中国的传统有什么重要的，我们的传统才重要，恐怕很多长辈们会气疯吧。

但是，这个男人脑子很对，所谓的“传统习惯”和“活生生的人”之间，当然是人更加重要。

好的伴侣，他考虑问题的主语是你，是我们，而不只是“我”。

公众号泛滥的年代，文字失去门槛，什么样的蠢话，都会冒出来，并且还拥有一批粉丝。

比如“一个男人放弃跟一个女人讲道理，他就是真爱了。”

比如，“一个男人对女人最大的尊重是跟她结婚。”

这就是地道的蠢话。

**一个男人真正爱一个女人，他一定会把她当成一个人，当成准备白头偕老的伴侣。好的伴侣，一定是越来越有默契的。懂得配合双打，来抵御克服人生中的风风雨雨。**

生活不止是物质。因为工作兴趣不同，家庭背景不同，各种价值观也会不一致。在什么城市生活落脚？养老保险买不买，家庭储蓄按什么比例？子女教育观念不一样，到底听谁的？这都需要共同协商，参考专家意见，并结合自己真实的处境来执行。

其实，人生想过得好，需要讲道理。但是讲道理并不是说教，而是戳中真相和本质，绕开陷阱。

如果蠢坏的公众号还想狡辩，身为读者的你不妨想一想，那些不讲道理的人，过得怎么样？事实上，绝大部分人，都过得鸡零狗碎。

幸福不是男人给女人的，也不是女人给男人的，幸福是彼此携手，一起创造的。

这世上最好的祝福，永远是用心去爱，用脑子去相处。

*那只青蛙，在家和旅行之间，两点一线。*
*那只青蛙的终极目的地，是时空隧道那一头的过去。*
*那只青蛙，其实就是童年的你自己。*

## 青蛙的旅行目的地

如果你仔细观察，会发现2018年火起来的小游戏《旅行青蛙》里面的居家背景一点也不现代化，特别泛黄旧时代。物品很古旧，生活方式很从前，氛围也很孤独。

室外很乡村，房子很老气，室内很有过去的城镇家庭的感觉。

我的童年也像那只青蛙一样。

当时有很多的租书屋，一天五毛钱，我会在家里埋头看书，一坐一天。

我看着报纸杂志上刊登的征文启事，就把自己的诗歌寄出去投稿。

一个人待着干了很多傻乎乎的事情。

当时的课本上，有一支蜡烛燃烧氧气，水杯空气减少的实验。我就真的在家里拿出一个脸盆，点燃一支蜡烛放进水里，认真用一个玻璃杯倒扣着。

父母的单位，是一间国有的粮油加工厂。我爸爸做过厂长。我们一家人都住在单位的宿舍里。想想看，青蛙住着木质阁楼，已经很不错了。

工厂里有好几个大仓库。夏天炎热，放暑假了，我常常一个人跑到米仓里睡觉，睡在大麻袋上。空气里都弥漫着新加工脱壳的米的香味。

我们这一代人的童年，没有那么多补习班。家长忙碌的时候，就自己脖子上挂着钥匙，出门游走，完全漫无目的。野外瞎跑，折一根草叶，就能玩半天。这就是游戏里的摘四叶草。

以前我们只有胶片相机，平时想摄影只能去影楼。拍照真的很珍贵。爸爸买的那个凤凰牌拍照相机，我用节约的零花钱买了胶卷，拍了河流、屋子、桥梁和亲戚们。每用一张，都很肉疼。

直到大学三年级，2002年的时候，那年我20岁，我才拥有了人生中第一台数码照相机。

还有明信片这种古老的交流仪式。在我读中学和大学的时候，一度特别流行。因为那时候邮局还是主流。

今天玩游戏的年轻人会觉得，老是往家里寄明信片和礼物太无聊了。但是在我们那个年代，邮票不便宜，明信片也不便宜，长途邮资更加贵。高一的时候，我收到了爸爸从广东寄过来的书，那是两本我很喜欢的《唐诗宋词300首》，就能够收获同学们各种羡慕的眼光。

只有很爱很爱你的人，才舍得常常寄明信片给你。

现在的公众号喜欢批判家长的丧偶式教育。其实，过去年代，国贫家困，普通孩子们拥有的是散养式的教育。有口饭吃，自己长大，随便孩子晃悠。

七八十年代稍微好一些，城镇家庭的父母往往是双职工，都辛辛苦苦上班，其实也可以说成是孤儿式教育。

然后才是现在的爸爸去赚钱，妈妈全职养孩子。以前凭借爸爸一个人，是养不起一个家的。

批判很容易，理解却很难。理解需要我们站在时间的河流里，前后左右都张望，回忆起过去的日子。

一款游戏，也是一件作品。作品背后，总藏着某种情结。也许连制作者自己，都没有明确意识到是什么情结。日本这个国家没有计划生育控制减少人口，但是他们比我们提前进入发达国家几十年，所以，提前进入少子化的社会。刚好，相当于中国计划生育年代，诞生的一批独生子女。

据说日本现在开始流行不生育，人口下滑得厉害。

我们跟他们现在的游戏，在历史时间轴上，就这么巧合了。

这大概是《旅行青蛙》在中国忽然默默无闻地火了的原因。

这个游戏让我有一种独生子女专属的空寂感。你的父母对你非常在乎，很爱你，倾其所有养育你，但是因为他们的时代局限性（大部分学历不高、也不擅长沟通、经济条件也有限），导致他们跟你没有什么内心交流，他们不是不想管你，是心力有限，忙于工作赚钱解决温饱，独生子女自己一个人默默长大，看书学习出门。

少年时代的我们，自己一个人转悠。长大以后，中国经济改革富起来了，八九十年代出生的孩子沾光，也习惯一个人背包旅行。

那是一种挥之不去的空寂感，伴随一生，然后在这么一个游戏上复活。大部分别的游戏让你找到热闹和发泄排遣，这个游戏让你重温孤独。

孤独之外，一个人霸占食物和宠爱，一个人打游戏，一个人待着，一个人跑出去，其实我们又觉得很舒服自在。

这也导致了大部分人，长大以后，总是不能习惯人多的场所。

**那只青蛙，在家和旅行之间，两点一线。**

**那只青蛙的终极目的地，是时空隧道那一头的过去。**

**那只青蛙，其实就是童年的你自己。**

*人生中的种种悲伤，都在舌尖上化解。*
*吃，也是她的力量源泉。*

## 我的最佳食友

有一次外出回家，发现桌子上那块油炸饼少了一块。那是我出门前做的。面饼丢进菜籽油里，炸出来就是金黄的样子。

不过我马上猜到，是我妈回来过，她一定是在好奇心驱使之下，掰了一块尝尝味道，然后皱着眉头嫌弃难吃丢掉。

我妈是厨艺高手，可以带着十几个人整几十桌流水席的那种，有时还能花样翻新自创新菜。

长大后吃遍天下美食，不再觉得妈妈的手艺惊艳。外面的饭局邀请也多如牛毛。然而，这一刻，我忽然好想吃妈妈做的菜，难以遏制地想吃，突如其来的热泪盈眶。说起来，我的生命中，最漫长的吃友，是我妈。她的前半生，跟我的挑食，谱写了一系列的斗智斗勇故事。

小时候我在餐馆里吃了拔丝苹果，的确香甜可口。我就突发奇想，那么香蕉能不能拔丝呢？南瓜能不能呢？当然是能的。但我提出了更高的要求，不如我们试试冬瓜？

我妈就真的买了半个白扑扑粉嘟嘟的冬瓜，切片，裹了面浆，下锅炸第一道，这是为了定型。然后白糖下锅调制糖稀，丢入冬瓜翻炒。她还特意加了一点冰糖，吃起来，是一股子清凉的甜。冬瓜片经过高温，其中早就化为汁液，拔丝冬瓜这道菜，口感相当特别。

有一次看电视里吃饺子的画面，当时馋嘴起来。寒冷的冬夜，我妈施展功夫，从面粉到面皮，半个小时内搞定。我们俩煮开了水，饺子陆续下锅，冒着热气。她把姜醋味碟准备好，一锅水煮，再来一锅香煎。煎饺想要好吃，秘诀就在于油和勾芡的汤汁，一起下锅，大火烧开，每个饺子底上，都有一层金黄鲜美的脆皮再撒点葱花和芝麻。

还有一味好菜，泥鳅洗干净，爆炒几下，老黄瓜切丁，两者一起炖到细烂。说到这儿，其实还很平常，很多省份都有黄瓜红烧泥鳅。我妈拿本地特色小吃鲊辣椒，稍微加火一煮。汤汁浓稠起来，泥鳅再无腥味，鲊辣椒吸收黄瓜泥鳅的鲜味，再一勺浇在米饭上，我只能叹息，快，再来一大碗饭。

鲊辣椒是用粳米拌一点糯米，石磨磨成米粉，加盐再拌上剁红椒，拌匀之后放在坛子里腌制三五天，油炒一下即成。

做出好菜，获得亲友们的赞美，她会得意，哼唱几句过去的流行歌曲。

还有一回，我的外地朋友和本地文友相约，来我乔迁的新家做客。可惜冰箱里的储备不齐全，我说去外面吃饭，但他们不乐意，嫌弃油腻，想吃家常菜。我只能请出镇宅之宝，我妈。

她老人家就是能够化平庸为神奇。先是在橱柜发现一袋放了大半个月的干鱿鱼，又一扫调味品，有一盒豆豉。派我在小区门口买点豆腐和蔬菜。

我的朋友们吃着花生瓜子糖果，海阔天空闲聊，我们的主菜就这么诞生了，我妈把豆豉炒香，鱿鱼剪成片，拿出我们平时煨排骨藕汤的砂锅，加水慢炖，香味冒出来，我们再也坐不住了，一起拿碗筷布置餐桌，那鱿鱼出锅时再加嫩豆腐葱花，所有人踊跃之极，吃肉喝汤，浓香鲜美，简直勾魂夺魄，炎炎夏日，大家吃得满头大汗。那么大砂锅的分量，点滴不剩。

仅此一次，搞得我那些作家朋友至今大流口水，念念不忘。我把这事对采访我的记者说了，后来真有读者照做。问读者，滋味如何？答曰：太美味，太销魂了。我妈名叫沈先秀，希望再有人做这道菜的时候，会记得是她的一点创新。

我们这么一对吃货母子，为了吃，简直心有灵犀一点通。漫漫岁月，挖空心思做出好吃的美味。其实，她一生太过艰难，直到我大学毕业后，成为一名收入还算不错的作家，终于安顿下来。如果有东西吃，那就吃得哈哈大笑，苦中作乐。

二十世纪八九十年代，我的父母组成了双职工家庭，祖辈没给什么补贴，近乎白手成家。我妈一边在工厂上班，做出纳会计，打着算盘。一边下班后接活儿，补贴家用。那活儿，就是为本地的邻居们做婚丧嫁娶的流水宴席。

做流水席的厨房现场，我去过很多次，每次去找她，我都受不了那氛围，闷热，潮湿，烟熏火燎，令人窒息，实在太有损健康。

父亲辞掉公职，下海经商，结果失败负债。父亲去南方做生意，希望赚钱翻身。债主上门百般讨要，那时候，也只有我妈和我去面对，但主要就是我妈在面对。世间最难堪的，莫过于债主的脸色。

她去服装厂找外活干。一件一件剪去线头，赚那么几百块。她活在焦虑不安当中，却不愿意当着我的面流露出来。我也不得不佩服她的顽强。

再难熬，也要跟孩子开开心心吃饭。

她在难熬的日子里，也加倍接做饭的活。其实，下厨的人油烟闻多了，鼻子麻木了，失去味觉，吃饭反而不香。正所谓做菜不香闻菜香。给别人烹饪大鱼大肉，回家了，她干脆糖蒜头配油盐鸡蛋炒饭吃。

即便自家很难，做流水席菜肴，最后有一个收尾清点食材的环节，有东家不要的剩菜，她带回家，反倒挺大方，分给了隔壁家更加贫困的邻居。

**人生中的种种悲伤，都在舌尖上化解。吃，也是她的力量源泉。**

十多年过去，从小城市到大城市，生活环境改变巨大。我妈有一天告诉我，阳台外面的小白菜长好了，可以摘来吃了。我大吃一惊，什么时候种的？她说，趁我外出讲课签售的时候，她把泥土翻挖松土，丢了一些小白菜种子，没想到很快长起来。

那新鲜碧绿的小白菜经过了冬雪，清炒一下，就能上盘子了，格外清甜。中国人爱种菜的品质，真的流传在我妈这一代人身上。吃令她快乐，做出好吃的食物让我们吃，也令她快乐。

在我三十岁那年，家庭不再负债，且略有薄产。我也出书颇多，渐渐有了名气。她总忍不住忆苦思甜，某一天，又开始回忆往事，竟流泪了。她极少哭，半生都是硬骨头，我默默听她倾诉，安抚她，直至她转而开心笑出来，现在终于熬过了忧愁万分、担心生计的岁月。

我便问她，想吃什么！她这人习惯节俭，不等她想好，我直接带她去吃新开的牛排餐馆。那餐馆的奶油口蘑海鲜汤做得真不错，她大夸鲜美，西餐也不错。然后又偷偷问我，这顿大概多少钱。

我说，打折后只要几十块。当然了，我骗了她啦！其实是两百多，在今时今日，大部分中国人富裕起来，这真不算贵。但只有骗她，她才能放心地享受甜品和牛肉。

去年秋天，我忽然接到电话，我爸焦急万分地告诉我，我妈觉得胸口疼痛，他担心是不是心脏犯病。我大惊失色，赶紧叫了出租车，直接载了她奔赴离家最近的医院。那时候医院下班，只有急诊室，偏偏各种病患人多，纷纷排队。

护士给我妈量血压，测瞳孔，询问情况。她说平静下来还好，就是一吞口水，觉得胸口像有一把小刀在扎。

回想起奶奶是心肌梗塞走掉的，我吓得魂不附体。我妈反过来安慰我："别担心了，直觉不是大毛病，如果是大问题，不可能那么平静。"

所幸，拍了胸口CT，煎熬了两个小时，到了深夜，终于出了结果，心脏没有什么问题，医生说，可能是胃病急性发作。

我妈就此进入了戒美食的日子。要养胃，只能喝粥，对她来说，天昏地暗，寡淡无味！我为此严加要求，逼着父亲密切监控，不让她吃任何热辣浓烈难以消化的食物。

她找我控诉，这简直剥夺了她最大的快乐。我当然明白她的心思，没有办法呀！爱之深，责之切。昔日我是小孩，为了好吃的东西，撒娇求她，现在她渐渐老了，为了她的身体健康，她反而孩子气一般找我抱怨。

调养半年，她饮食正常，不再胃疼了，我带她去打牙祭，沿街挑选对胃口的餐厅，粤式晚茶，虾饺凤爪烧麦和鱼片粥，吃得她满面红光。我安安静静看着她吃，心中无限喜乐。

我没能继承她的手艺才华，但我终于长到可以跟她谈人生的年纪，也终于体会到，把好吃的食物让给她，看着她吃的快乐。正如小时候，她把最好吃的东西，一定先给我。她是我的最佳食友。

*不止是我的父母，也许很多人的父母，*
*都有属于自己的一扇窗，通往文学艺术，通往内心世界。*

## 我的文艺父亲母亲

我想说说我的父母。

从前我一直觉得他们很平凡，像天底下所有普通的父母一样。他们从事着跟文学艺术无关的职业，出现在我的文字里，是以我的父母的身份出现的。因为，他们有一个作家儿子。

可是他们也是他们自己。

我从来没有想到过，我的父亲，居然会书法。直到我的母亲今年春节跟我聊天提起来，几十年前，我的父亲曾经写过春联去卖。

我大吃一惊。小时候，在我心目中，父亲一直是个勤勉工作的厂长，抽烟厉害，把满屋子熏得都有味道。他还获得过行业系统的省级表彰。他以这样的印象，保存在我的记忆中。

现在，我让他写一点毛笔大字，他乖乖地写了。我看得出来，他有些紧张，三十多年了，他久未动笔，起初还有点放不开。直到写到第五幅字的时候，感觉好起来。后来，他的书法投递给报纸杂志，果然发表了。

他是一个被岁月耽搁的书法家。

我的母亲，今年60岁。我一直以为她是个单纯的家庭主妇，同时也是个很普通的职工，以前在单位，她是会计出纳，也跟文艺无关。

我在接受《读者》杂志校园版专访时候，特别写过她，文章名为《像浣熊的猫》。她做菜的手艺，令我很多朋友折服赞叹过。她有洁癖，屋子一定会收拾得整齐干净。这是我对她的主要印象。

直到我有一天，看见她翻出老家带过来的杂物。那里面，有她青春期的刺绣，花鸟鱼虫。还有她画过的画儿。没有受过什么专业训练，但是透着一股天然真挚的美丽。

我只能用瞠目结舌来形容。

我的写作之路，从来没拜过师，也没受过谁指点。我就是自己看看报纸杂志，觉得好简单，我也可以写啊。于是我就写了，中学时代开始，发表无数作品。长大后，出了几十本书，并且还会继续出很多书。

我觉得我纯粹是个人的天赋爆发，原来不是。恰如我的老朋友说的，难道你以为你的文学才能是天上掉下来的吗？总有遗传和继承的。

我的父母，他们只是没有机会实现自己的热爱。时代的局限，工作的忙碌，生活的沉沉压力，令他们无法去坚持自己喜欢的文艺爱好。

于是这些文艺爱好，他们很自觉地收藏起来。很多年后，我又“意外”发现。

**我想，不止是我的父母，也许很多人的父母，都有属于自己的一扇窗，通往文学艺术，通往内心世界。**

只不过，他们被琐碎的柴米油盐酱醋茶遮蔽了，他们其实可以成为他们自己。你所目睹的念叨啰嗦强势霸道的父母，他们并不是一定要把注意力全部放在孩子身上。

如果有差不多的养老保障，身体还健康，抵御焦虑担忧，他们也有自己的审美和趣味，有机会施展出来，令你改观，还能与你共同分享创作的快乐。

书法、绘画、写诗之外，也可能是做糕点，把甜点做得精美动人，并且很好吃。也可能是朗诵主持，顺利流畅地把一场雅集活动完成。也可能是去广场上跳舞，站到大厅中歌唱，拿起照相机玩摄影，博得喝彩，等等。

**文学艺术最大的好处是，让一个人可以走向自己，拥有内心世界，拥有一份专属于自己的精神乐园。**

文学艺术不是什么垄断的专利，而是生活的必需品。一个人，只要解决了温饱，内心或多或少就有这样的需要。

我真心地希望，我的读者们，也能重新认识自己的父母，鼓励他们去再续从前的文艺热爱。

从此刻开始，你可以去问问你的父亲母亲。

*人生，总有一些回忆，在那些承受困苦的时候，*
*回想起来会令你渐渐心平气和。*
*那是生命最初的珍藏，轻易不会动用。*

## 记忆深处的夏天

今年初夏时分，去乡下探望了外婆。

八十岁的外婆，仍然坚持要去田地里种菜，她养的一只鸡和一只鸭扑哧闹着，穿过篱笆往池塘边跑过去，大概池塘那边有新鲜的昆虫或小螺蛳等着它们。

乡村的生活条件其实很恶劣，但是小时候我却特别喜欢去外婆家玩。每每都是在放暑假的时候，也就必然是夏季。

现在算一算时间，我的童年时代，外婆大概五十来岁。村子里有很多池塘，外婆家的门后池塘清澈干净，小小的鱼儿游来游去，我就蹲在池边，看得入迷。外婆教我，用一点点碎米，撒进一只盆子里，再把盆子拿布盖住一半，手脚很轻很轻地将盆子放进池水中。

黄昏时候，我简直欣喜万分，只要动作飞快，稳稳地拿起盆子，不花什么力气，就收获了很多小鱼小虾。别人家的炊烟升起时，外婆也开始做晚饭，她把小鱼虾们裹上面浆，拌一点盐和胡椒粉，细心地一枚一枚油炸好，这一碗鲜香的菜，就是特别用来招待我的。再加上两样新鲜摘的菜炒好，新煮的米饭清香甘甜，我的筷子都快赶不上我的馋嘴了。那时候，外婆乐呵呵看着我大口吃，她自己却不吃。

也有时候她会自己酿米酒，酵母和蒸熟的糯米搅拌均匀，盖上一块布，等着里面自然发酵，溢出酒汁，甜酸当中带点辛辣。多喝几口，我的脸孔会泛红，想起背诵过的诗“共君一醉一陶然”。外婆姓陶，这个姓氏挺诗意的。

而今相隔远了，一年大概去看望一趟。因为她的生日，也是在夏季时分。这次见到外婆，她一口气煮了十几枚鸡蛋给我吃。走地鸡生的蛋，水煮了加点白糖，特别鲜美。我却只吃了一个，其他的推给外公外婆，劝他们多吃点。

如今的我，看着外公外婆吃，反倒更加开心。我也慢慢地体会到，幼年时，外婆看着我吃得开心她也开心的那种心情了。

我买了很多吃的带给外婆，专门挑那些软绵绵的绿豆糕、面包、果汁、酥饼，还有软嫩容易咀嚼的卤鸡。

少年时代天真烂漫，心中无知无畏，容易快乐，开心这种东西，得来全不费工夫。

长大后，在办公室昏昏沉沉加班时，在漆黑深夜里独自值班时，在拥挤公交车里憋闷难受时，在梦破碎的时分，在沉痛之极大哭之时，在疲乏厌倦工作的时刻，脾气暴躁不堪，觉得人生太难熬。忽而想起八十岁的外婆，记忆纷至沓来，心中觉得安定。

**人生，总有一些回忆，在那些承受困苦的时候，回想起来会令你渐渐心平气和。那是生命最初的珍藏，轻易不会动用。**

我的外婆，她白发苍苍，照常劳作农活，照常吃饭睡觉，照常抹泪，也照常大笑，走起路已经摇摇晃晃，视力模糊了，虽有病痛，并不当一回事，说起生死，坦然无比。手上沾满田地里的泥土，但我觉得她心如琉璃，洁净明白。

我渐渐明白“家有一老，如有一宝”的意思了。那是心的依托，仅仅是看着老人不慌不忙，见惯了世事，经历过大喜大悲的淡定，自己也会淡然安定下来。

她人生中活动的范围至今没超过方圆一百公里，却能平复安抚走遍大江南北、跨越千万里路的我。

*有些癖好，藏着我们的天性，怎么都压抑不住。*
*做一件事，要做到自己满意，看着心花怒放为止。*

## 我为什么喜欢养猫

家里新养了一只蓝白色的英短猫。我给它取名叫小历。

小历跑到沙发上闹腾，爪子不停挠沙发的布面，破坏力惊人。我冲它大喊一声，它似乎特别震惊，吓得从沙发上掉到地上。

结果，这猫右腿走路一瘸一瘸的，我就给它买营养羊奶糕吃，给它换更好的牌子的猫粮。

第二天再一看，它仍然一拐一拐的，看起来可怜兮兮的。我总觉得哪里不对劲，但又说不出来究竟为什么。

吃过早饭，我忽然醒悟，它变成左腿走路瘸。昨天晚上，明明瘸的是另外一条腿啊！

我多了一个心眼，于是故意喂它羊奶，远远地呼唤它，这猫顿时四条腿健步如飞，直奔碗里。

原来，它是装瘸。

地地道道一个戏精。这令我大为惊讶，原来动物也有狡诈的一面。

我给这猫剪指甲，没有打它，也没有骂它，只不过摸一下，它就装出一副被打了的样子，大叫起来。

然而，当我安安静静读书听音乐的时候，它又乖巧地依靠在我的胳膊上睡觉。当它发现可怜兮兮的样子能够获得更多好吃的，它也会装残疾。

还有一次，做了一桌好菜，小历爬上一把椅子，看着我们一家人。我们没打算给它肉吃。

它就看着我们，眼眶开始泛泪。我心一软，夹起一块鸡肉喂给它。这猫为了吃一口鸡肉，这么拼，上帝都会原谅它。

人为什么喜欢猫，因为猫有强烈的反作用。这大概也是一种驯化，人改变了猫，猫也改变了人。

有一次在咖啡馆翻杂志，翻到一篇杨丽萍的访谈。舞蹈艺术家杨丽萍原来从小务农，成长在少数民族地区，但她就是能把猪养到最肥，能选出最大朵的花。

我心中怦然而动，忽然想起，我也总能把我的猫，养到最肥。

我的猫才几个月大的时候，带到宠物医院打疫苗，那年轻的兽医漫不经心地问，这猫几岁啦？有两岁了吧。

我老老实实回答，五个月大。

兽医瞪大眼睛："什么？咋这么肥？"

"我买了一大箱子鸡胸肉，大概有一百多块，每天煮一点喂猫。"

"难怪！你的猫，要控制体重。"

你我皆凡人，难免有癖好。

**有些癖好，藏着我们的天性，怎么都压抑不住。做一件事，要做到自己满意，看着心花怒放为止。**

有些父母总喜欢把自己的孩子养得白白胖胖。养了猫以后，更加明白这种心情了。

*人类再高级，也还是动物的一种，*
*情感建立的法则是无差别的。食物和衣服，象征温暖与饱足，*
*给予这些，或者被给予这些，至关重要。*
*最重要的，是寄托在上面的眷念和爱。*

## 爱的驯兽师

为了和我的猫更好地相处，我特意上网查阅浏览了台湾一位著名的宠物医生的网站，还看了他在北京的演讲视频。

这个医生姓戴，他说，要正确理解动物，尤其是猫咪。你们不是主人和宠物的关系，在猫咪的世界里，你们只不过是室友。

所以啊，对待室友，你不能用惩罚的手段来相处。猫咪和人类的世界观，根本上不一样。你想想，你要是弹你室友的鼻子，你室友会喜欢你吗？

所以啊，永远不要惩罚猫咪，一旦它记恨了，短则几个月，长则一年，甚至是一辈子，干脆逃家不回。

这是什么意思？我有点糊涂了。

戴医生举例，怎么拉近你和猫咪的关系呢？很简单嘛！用好吃的猫粮训练它。

科学就是科学，很牛啊！我的猫本来对我爱理不理的，后来我一回家就立刻给它一小把猫粮，从此以后，它就对我热情如火。有时候不给猫粮，也要趴在我怀抱里，枕着我的胳膊，又是亲又是舔的。

有时候要牵出去散步，就是不肯套猫链，给一点好吃的猫粮，立刻乖乖地随便我怎么套。时间久了，不给吃的，它也跟蜂蜜一样，对我的态度又甜又黏糊。

动物的天性，是遵循条件反射。一般动物行为学理解为训练，但也可以理解为，培养起愉快相处的习惯。好吃好喝的室友，才会在一起都快快乐乐，建立起深厚的友情啊！

说起这个，我忽然想起了我的小时候。我爸常年出差，有时候我都差一点忘记他了。男人嘛，总是比较粗犷的，我爸回家充其量给我点零花钱。

有一年，大概是中学二年级的周末，我回家看见我爸，他热情洋溢地吆喝我，快来试试看，给你买了一套牛仔服，很酷啊！

除了牛仔服，还有巧克力，以及他去南方那边带回来的坚果特产，巨大的广西咸蛋黄肉粽子。我那个高兴啊！做梦都在流口水。得意洋洋穿着新衣服去学校。

以后我爸一出差，我就问我妈，他什么时候回来啊？打电话了没？和你说了么？

那种盼望无限强烈。后来一问，才知道是我妈的主意。小孩子嘛，当然喜欢零食啊，要帅的衣服，什么的。小孩子有个念想，才会牵挂惦记。

当我长大了，工作赚钱了，可以买得起更多更好的东西。那些小吃零食之类的，当然不算什么。

可是想起来，鼻子忽然就有点酸。

**人类再高级，也还是动物的一种，情感建立的法则是无差别的。食物和衣服，象征温暖与饱足，给予这些，或者被给予这些，至关重要。**

最重要的，是寄托在上面的眷念和爱。

“嗨，小历，过来。”我叫着我的猫。

它脚步轻快地跑过来，娇滴滴拖长音，“喵啊哦……”

然后就地打滚，用软绵绵的前腿抱住我的脚。这都是喂足鸡肉的功劳。对于动物来说，时间漫长，就积累出了眷念。

对于人来说，这就是爱呀！

# 第五章／你的孤独，比这世界更动人

记住孤独的味道，你活着，你才得到孤独，你才向往不孤独，向往爱和被爱的感觉。

*一个人去拥抱另外一个人，让对方第一时间感觉自己的体温，*
*这是一个生命在给予另外一个生命温暖。*
*所有那些让你感觉舒服的亲密接触，背后都是爱意。*

## *拥抱比说话更温暖*

看法国电影《不可触碰》。在一次跳伞运动事故后，菲利普，一位富有的贵族，头部以下都瘫痪了，就像一块冰冻的牛排，只能坐在轮椅上，生活无法自理，因此他找了黑人青年德瑞斯来家里帮佣。

德瑞斯是一位郊区的年轻人，刚从监狱出来。简单来说，他是最不适合这份工作的人选。但是有钱人雇用了德瑞斯，因为德瑞斯的言行举止，大大咧咧，根本不把菲利普的疾病当回事，这让菲利普不必总是活在同情怜悯中，不必总记着护理人士提醒他，他已经废了。这部电影在幽默笑闹中深情，在哀伤绝望中温暖，有很多动人的亮点细节。

然而我印象最深刻的一段却是雪夜里，菲利普犯病痉挛，是长年吃药抗肌肉萎缩的后遗症。呼吸艰难，满头是汗，痛苦得好似一个无助的幼儿。这时的德瑞斯抽着烟，飞快丢了烟头，来到菲利普的房间。他其实也不知道怎么办，但是他尽量安抚菲利普，抱住菲利普的头，像一个父亲对待孩子那样。就这样，菲利普终于在比他年纪小很多的德瑞斯怀里平静下来。

这一段静静的画面，让我想起我曾读过的一个护士的故事，真的是太像了。那个护士的工作是照顾需要临终关怀的患者。她陪伴的病人一般都是绝症病人，到了死亡的末期，痛苦不堪，无可救药，也无可宽慰。有一个病人，到了生命尽头前最无可奈何时，职业手册上的指南，那些关爱手段都失效了。

那一次，她护理的病人痛苦地在床上哆嗦，她束手无策，语言已经无用。她也不知道如何是好，看着蜷曲可怜的病人，无限悲悯，那个护士做了一个职业手册之外的行为，她爬上床，紧紧地抱住病人，很久之后，病人在她怀抱中，安静下来。连她自己都想不到，会有这个举动。

李商隐有一句诗“深知身在情长在”，我们的肉身，恰是最珍贵的存在，情感意识的传递送出，一颦一笑，一个手势，一个动作，其实更加符合我们的天性本能。身在，情在。人类痛苦之极时，言语会失效，拥抱亲吻，依靠在肩头流泪，却可以安抚备受折磨的心。

有一次看电视，在本地台一档职场节目中瞧见我的一位女同事在当评委。那节目请年轻人来表现自己，聊自己的理想未来和对工作的看法，当场面试。有个大学男生来参加节目，朗诵自己写的诗，谈及个性，他说就是觉得自己内心很深沉，内向，不擅交际。于是呢，我的同事就说，我怎么看你的样子，其实是很忧郁，个性也压抑呢？那咱们来做个游戏。

这同事号召台下的一众女孩子，也就是女性观众上来，分成两队，左右各一边，拖着那个大学男生的胳膊，两边拉。女孩们拔河一样开拉，嘻嘻哈哈都欢乐地笑了，那个大学男生低着头尴尬地笑。

然后，我那位同事问他，你刚才站在中间感觉怎么样呀？大学男生说，我就感觉自己快要被撕裂了，两边都用力拉着我。

这下，我彻底相信我这位同事的判断了。果然，同事也有点吃惊地解释："你看，这么多年轻活泼的女孩子，跟你一起做游戏，而且她们还跟你有着这样亲密的身体接触，你没有感觉到她们的体温吗？我让她们用力拉你，你没有感觉到，你站在群体当中，大家都在分享力量吗？"

对温暖和身体接触存在抗拒的人，几乎可以肯定，在人际交往和爱的能力上，都有所欠缺。婴儿诞生哇哇大哭，主要的原因之一，就是离开了温暖舒适的母体环境。大人抱着婴儿时，婴儿会安静下来，体温带来了充满安全感的呵护。

温暖正是生命的要义，我们离开这个世界的最显著标志就是失去温度，变得僵硬。**一个人去拥抱另外一个人，让对方第一时间感觉自己的体温，这是一个生命在给予另外一个生命温暖。所有那些让你感觉舒服的亲密接触，背后都是爱意。**

在这样一群青春洋溢的女孩当中，这个大学男生感觉到的是撕裂，是不安，可想而知，他的内心并非他自己所说的什么内向深沉，而是竖立了一道挺高的封闭心墙，隔离开他人与外界，像个孤独的小动物躲在自己的巢穴里。

我还想起我那同事早年玩过的另外一个有名的游戏，她去一个大学做讲座，让学生们站起来，就近尝试拥抱身边的陌生人。抱着抱着，最后，有学生感动哭了。

可别笑话这些感动哭了的同学，恰恰是拥有这份敏感和柔软的人，才能够通过后天习得，良好地施爱和被爱。对于人这种高等动物而言，爱是需要教习的。人无法表达自己没有学习过的情感经验。

人在后天教化里，得到了口头语言和文字，有时候会忘记了身体的本能表达。舌头与喉咙的信息是我们灵魂的翅膀，也是我们心智的牢笼。耽于它们，反倒忽略了更加纯粹的“身体语言”。

电影名为《不可触碰》，实则人物身体触碰了。护士发自内心的悲悯，与病人身体接触了。电视台的节目，也借助于身体接触。安抚身体和安抚心魂，本就是一体的。雪夜的安抚，临终时刻的全身拥抱，还有闭上眼睛手搭手一起绘画，是身体在抒情奏乐，是直接抵达我们内心世界的安魂曲。

*23岁那年的初夏，我走到了斜坡的尽头，*
*往后回望，深深意识到，这样的一群人，*
*这样的一次聚会，过去了就再也不会重来。*

## 时光走散了故人

大学后去工作，一群同事常常邀约结伴去游泳，去觅食。

我们寻找糍粑鱼做得最好的苍蝇馆子，寻找火锅做得香喷喷的四川餐厅，常年游走在体育学院对面的巷子里，以及理工大学附近的小路上。一群人吃饭，就是比一个人吃饭香。大概基于人类生存的习惯，抢夺食物的先天动物本能。后来我辞职，不做杂志主编，很多时候，变成一个人吃饭。人间美食再好，总有点寂寞。

我会游泳，同事不会。我教同事，托着她的头，命她憋一口气，忘记恐惧，仰头寻找漂浮的感觉。以及，跟另外一个友人比赛，在标准泳道里，看谁游完五个来回的速度快。当然这种比赛我认输了，可是满怀开心，泼水打闹，站在水中央，哈哈大笑。后来，结婚生子的养育娃娃去了，谋求高薪的跳槽了，买不起房子的离开大城市回家了。

于是，某个夏天，我去了一个会所的室内泳池，一个人尽情游了十几圈，湿漉漉爬出水面，两只脚沉重无比，侧头看一眼落地玻璃窗，我忍不住对自己笑了一下，何谓形单影只，这就是。

还有某次笔会，一干性情外放的人，因为中国青年报社的组织，走到了一起。我们高谈阔论，彻夜在路上游荡，集体放歌，从民歌到流行歌，从山歌到小调，喝过了酒，吃过了牛肉，读过了诗，看过了百年千年的建筑群，兴致盎然。

从城墙漫步而下，我忍不住脱了鞋子，赤裸着脚板，沿着几百米的斜坡，从半山走下去，风烈烈地吹，**23岁那年的初夏，我走到了斜坡的尽头，往后回望，深深意识到，这样的一群人，这样的一次聚会，过去了就再也不会重来。**

什么叫聚散随缘，这便是。

从学校毕业后，我才明白，所有的聚会，都再也不可能凑齐原班人马重来一次。每个人都在江湖飘零，身不由己。

当高铁还没建成，武汉、长沙、广州还没能四个小时里一线贯通，大学毕业那年，送走了同学，我则留在武汉。住在母校对面的房子里，我出门，逛街，购物，吃饭，无聊。走着走着，就会走到宿舍楼下，闭上眼睛，橘子树夏日又冒出甘甜的香气，阳光猛烈照射，体育场上跑步的男生女生们，主干道上奔流不息的单车车流，我不得不承认，我再也不是这些青春的一员。

在那些熟悉的地方，老楼栋拆除，老树砍掉，取而代之的当然是更高大的楼，和更新的树木。而我曾经午睡过的樱花树下，我曾经牵过谁的手的林间小路，已不复存在。

都在时光中走散了，过去的人、过去的事、过去的心。走散之后，还能够笑，能够哭，还能够大声说话。但从根本上大家已然不同了。

笑得再大声，一刹那恍惚，若有所失。惆怅再弥漫，却又想起某个逗乐有趣的小事，独自一个人会心一笑，不足以跟人分享，但某个瞬间却可以填满胸口。

孤独一直在我们心中，从来不曾离开。像是为了告别才聚会，为了忘记才相遇，为了烧掉才写下了情书，以眼泪以最深挚的心意；为了删除才拍照，以残酷以最决绝的念头。

那又有什么关系。了解了生命本来的真相，请勿再对自己说谎。不快乐的时候，接受自己不快乐。孤独时，接受自己很孤独。

乐器没有演奏它的手会孤独，草木没有赏识的人会孤独，明月没有了李白去望会孤独，城堡没有卡夫卡去写会孤独……统统都是多心的人，多情的人，多想的事，多经历的忧伤。

一生之中，觉察到孤独是在隐约懂得爱以后。

来，让我拍下你的肩膀吧，让我提醒你，也提醒自己，人只来这一回，在这个世界上，不会再有下辈子了。记住孤独的味道，你活着，你才得到孤独，你才向往不孤独，向往爱和被爱的感觉。泉眼喷涌过，才会有干涸。月缺以后再盈满，你的心孤独后，还可以再有清澈之泉。你不再是曾经的你，孤独也不是过去那种孤独。有雪、月、花、四季、星空、河流、桥梁，有你，以及爱。美则美矣，看多了不过如此，却无分享的乐趣。

你想多一个人说一说。于是拿起了笔，握住了吉他，开始唱歌绘画跑步等各种活动。

时光走散了故人，你只能自己去寻找新的契机和朋友。

*一年又一年，树们越来越茂盛，有些枝叶甚至穿窗而来。*
*我在它们的陪伴下，写一会儿字，看一会儿书，听会儿曲子。*
*时间倏忽流逝。*

## 人树俱老的时光

在我去买人生中第一套房子的时候，我有非常多的选择。那个年代全中国都还没有开始限购，只要手里的积蓄足够，我可以选择任何一个城市。事实上，那时候中国的房价低于我的收入。买房不是一件艰难的事情。十年之后众所皆知，大城市一套房就要耗费几十年的光阴，甚至两代人的积累。

还是说回当年吧！我在江南和江北不同的城区，徘徊了一大圈。又在大学附近，闹市的交通路口，还有上班的单位旁边仔细考察了一遍。最后选择了大学附近。工厂会搬迁，企业会倒闭，政府办公大楼也会更新，只有那些大学独占优势，靠山傍水，占据城市里面自然风景最好的地方。

然后我做出了一个最大的选择。我选择了一楼。

那时候门口的晚樱和栀子花，还是几颗瘦小的树木。

上班、下班、辞职。吃饭、睡觉、出门。多年之后，它们长大了，它们开花了。

很多朋友问我为什么要住在一楼，在我们南方，可潮湿了。我回答他们，因为我太懒，不想爬楼。将来家里老人腿脚不便了，也不用爬楼梯。

友人说，那你可以选择电梯楼啊！你们小区也有小高层啊！

我只好又回答他们，我害怕坐电梯。每次看见报章上那些出事故的新闻，就觉得还是一楼好，不用爬楼，不用坐电梯。

朋友们就不再继续追问了。他们相信了我的说法，其实我还有别的想法，但我又不好意思说出来。

我真的不好意思承认，内心真实的想法是，我想看着那些树长大。我想跟它们在一起，以一种非常近的距离。住在二楼以上，就很难如此容易地触摸到树木。

我想看着它们枝繁叶茂，绿荫遮地，看着它们花开又花落，日暮黄昏，风吹过来，雪一般纷飞。下雨的时候，一定会有雨滴敲打着树叶哗哗作响。那个时候我可以发一会呆，想一想古人写过的诗，想一想人生经历的种种。

有时候一些鸟雀在树上鸣叫，我把窗子打开着，桌子上有我吃剩的零食，这些不知名的鸟雀就会扑进来，啄几口面包，吃几粒葵花籽或者花生。

还有的时候，阳光非常好，流浪猫会在这些树下睡觉。我就一直看猫睡觉，看猫伸懒腰打哈欠，看到自己有点犯困，回床上睡午觉。

我常常会外出讲座，有时候要照顾生病住院的家人，忙忙碌碌，焦头烂额。

有一阵子不在家，再回去的时候，总感觉那些树也在翘首以盼。

它们不声不语，平平静静，留守在原地，身在情常在。

为此我付出的代价是，每年梅雨季节真的太潮湿了。那几天地板瓷砖基本上总是湿答答的，我拿着旧报纸，一张一张铺在地上吸水，干燥了半个小时，马上又沤水。

住在一楼，炎热的夏天固然格外清凉，到了冬天，开三个取暖器都不管用。

好处和不足联袂而来，唯有一并接受。

住在一楼，除了可以看树，白天还能看见各种人路过。他们大声说话，琐碎嘈杂。

**一年又一年，树们越来越茂盛，有些枝叶甚至穿窗而来。我在它们的陪伴下，写一会儿字，看一会儿书，听会儿曲子。**

**时间倏忽流逝。**

然后岁月渐去，我们人树俱老。

生命中，有树陪伴的这小部分时间，是独属于我自己的岁月静好。

*明月来相照，我们就月下享受欢聚。*
*明月不相照，我们就一个人心平气和，与自己好好相处。*

## 明月人心相映照

你可以按照你的年纪，往前回忆，每一年的中秋节是怎么过的，在哪儿过的，跟谁在一起。可能，你会得出一个答案。

我的学生时代，中秋节的时候，往往人还在学校，不能跟家人团圆。从前就靠书信和电话。有时候千里迢迢，收到家里寄来的月饼。有的孩子，因为太过想家，偷偷躲在宿舍里哭。

有时候中秋国庆一起放假，很多学生都回家了，这是幸运的小小福气。

学校之外的人，人生各有不同。有的人在旅途中，客居在酒店里。有的还在大城市里工作加班，没有放假。也有老人待在山村里，思念着自己远方的儿女。还有两地分居的夫妻，各忙各的恋人。

还有医院里那些困于疾病痛苦的人，越是此刻处处悬挂明月玉兔月饼的海报，播放庆祝的烟火广告画面，越是寂寥。

中国之大，过中秋节的华人遍布世界，每个地方的天气也不一样。华中地区和南方绵绵阴雨，北方晴空可以赏月。或者乌云密布，抬头什么都看不到。风清气爽看个月亮，这也要看老天爷的心情，谁也没个准。我所在的江城，一连五天都是阴雨天。西南西北，都阴雨绵绵。所以，举头望明月，也是难以心愿得成的。

还有一句俗语叫事若求全何所乐。古人常常唏嘘：家人在身边，爱人在身边，忽然想起仕途不顺。我们现代人，美食摆在面前，有互联网，有大床，有猫，忽然想起来喜欢的人无法拥有，也不会快乐了。

这其实是贪心。聚少离多，人之常情。

回想我的小半生，大部分的中秋节，都是独自过的。从来没有因此偷偷哭过，充其量皱着眉头，涌起细细缠缠绵绵的惆怅。

每逢佳节，我们的心被千丝万缕的牵挂所绊，四面八方地拉扯，偏离了平常的位置。

我得出的答案是，万物不可控，唯有一颗心还能守一守。

不因为节日，就把自己放到斯人独憔悴的地步。自怜是无底洞，借着团团圆圆的节日名义，更加孤独落寞。

我想，中秋节本来就是不圆满的节日，与人心互为映照。如果世人容易团团圆圆，又何必望见月亮的时候，羡慕月圆。人间少有的，才寄托天上。天下多有孤独人，是分别成全了思念，纵然寂寞，别有滋味。欢愉短暂，思念却是绵长的。

**明月来相照，我们就月下享受欢聚。明月不相照，我们就一个人心平气和，与自己好好相处。**如果你若有所思，若有所念，那所思所念，也会填满你的心田，如同千树万树，繁花灿烂。

*也许玉料一直蒙于尘土，等了太久，*
*无人喝彩，直接被粉碎成了路面的铺设杂石。*
*也许被赏识，能工巧匠雕琢成器，人间留名。*

## 赌石和昙花一现

有一次意外进到一个陌生人的微博里。

博主的每一张自拍，都像美术教室里的模特，维持了少年形体所能保持的最好样子。他在绘画区自拍，在游泳池自拍，在雾气弥漫开的树林里拍照。

有些照片，看得出刻意调成黑白色，很有艺术审美的水平，比我看过的很多杂志摄影更加有味道。

那陌生人经年复月，用心累积更新，仿佛面对万千观众。

但是，他没有一个转发，没有一条评论，也没有一次点赞。

极尽平凡，又极尽丰饶。极尽认真，又极尽孤独。

再后来，那陌生人便不再更新了。

过了大半年，我想起了，又去偷窥一把。那博主改了昵称，内容换成了家常的吃穿住行。人也似乎忙于工作，眼神失去了光彩，照片的感觉，比起过往逊色太多。

仿佛珍珠变成了鱼眼睛。

盖棺论定，他被寂寞打败。

对于很多人来说，没有奖赏和喝彩，创作太寂寞。哪怕有过精彩的片刻，很快就销声匿迹，默默放弃。

如果我给他点个赞，会不会有点帮助？

也有一次，我路过街头，看见一个唱歌很棒的年轻人。

旁听了一会儿，我拿出手机，主动加他，请他与我联系。我的友人，是演艺公司老总，我打算推荐一下这个年轻人。

可是我给这个年轻人留言了，他却不回复。

等到他有一天忽然醒悟，可能是看了我的朋友圈内容，又来搭讪我。我已经无话可说。

尚未成名的年轻人，却有惊人的傲慢。与其推荐给友人，他日闹出脾气来，然后我这个“媒人”惴惴不安，不如还是沉默。

我只好默默删除了他。

归根结底，这是因为我的职业病。我做过编辑，而编辑的本质，就是为他人作嫁衣。

看见有才华的人，我的眼睛会止不住被吸引，一看再看，我喜欢从茫茫人海里，发掘璞玉人才。

但是文艺这种事，缘分大于计划。

也许我错过的，在别人那儿大放异彩。也许别人错过的，在我手里，经过一番琢磨，成就美玉。

这跟赌石差不多。

赌石是珠宝行当的危险游戏，说的是翡翠原始材料开采出来，外面有一层风化皮包裹着，没办法知道里面到底有没有玉。这玉的成色好不好，只能切割开来，才能真相大白。命运如何开场，如何收场，谁知道呢？

**也许玉料一直蒙于尘土，等了太久，无人喝彩，直接被粉碎成了路面的铺设杂石。也许被赏识，能工巧匠雕琢成器，人间留名。**

*懂得安抚是我们生命中特别重要的必修课。*
*这本身是一种重大的能力。人在相互的安抚慰藉中，*
*得到继续前行的力气，哪怕是只言片语。*

## *漫漫岁月中练习慰藉*

很多年来，我一直倾听许多人的烦恼忧愁。以我的阅历与经验，给予解答。而我自己在悲伤低落时，只能通过学过的心理学，寻找慰藉和勇气。但这替代不了活生生的人。

假设一下，你要和一个亲人聊天，不幸的是，对方是聋哑人，习惯比划手语，从小没法上学，靠自学才能书写歪歪斜斜的汉字，且语法常常混乱，充满错别字。这个亲人找你有事要聊，你又看不明白他的手语和文字，一头雾水。对方一急，手势比划得更快，几乎要把桌子拍烂了，你也只能眼花缭乱，无可奈何，怎么办呢?

我说的亲人，其实是我二叔。小时候因为使用抗生素不当，失去听力，也就失去了说话能力，只能发出吱吱呀呀的无意义音节。为此他无法上学，找工作困难，很不容易才学会了做菜，当了小饭馆的厨子。

年轻的时候，我常常躲着他，偏偏他很喜欢找我聊天，因为我是家里第一个大学生，在他看来是有学问的人。

每每和他聊不下去，他便焦躁，我赶紧在纸上写“有事”，逃之夭夭。有一次回家，他又找上我，这让我很苦恼，不是我不愿意听，实在是沟通无能。

后来我母亲告诉我，他有口难言，别人又听不懂他的意思，经历本来就很坎坷，比常人容易激动容易焦急。我说：“那怎么办才好？”

我母亲就笑道：“你就让你二叔说啊，他说什么你就听着呗，听不懂也没关系？多冲他笑，多点头就行了。”

我试了试，果然奏效。二叔冷静下来，我看着他拿铅笔在本子上写字词，结合他的比划，连蒙带猜，搞懂七成。原来，他是要我帮忙打听残疾人提前办理社保的事，我在网上查清楚了，转告给他。

有一次我的牙齿终于疼到昼夜不安的地步，跑去医院弄牙齿，要补。补之前先清理龋齿，把烂掉的部分钻空，牵扯到神经，钢钻头磨着牙齿和痛感神经的时候，那叫一个痛不欲生。

然后牙医往里面塞东西，过了十天后，正式补牙。当时我看着旁边器械材料包装盒，好奇发问：“咦，之前用了氧化锌，现在还要用吗？”

牙医发笑，你怎么知道？我说我认识那个化学元素，搜索过，主要成分氧化锌，有收敛镇痛保护之功效。

那个温柔的女牙医一边调整灯光照着我的嘴巴，一边说：“对啊，之前是观察期，还是要用它安抚你的神经，再铺一层固化材料，你的牙才能继续好好用着。”

几天后，我的牙齿带着氧化锌，渐渐恢复了平静，这也令我又想起了二叔。

柴静采访电影《桃姐》主角写过一句手记：我们经历磨难，是为了更好地安慰他人。

其实她说的并不完整，漏了另一半。我会接下去说，我们学会安慰，是为了更好地度过烦难，在慰藉中心平气和，解决问题好好相处。

**懂得安抚是我们生命中特别重要的必修课。**

如果你听见，看见我的这一段文字。也许可以尝试着，来安抚你身边的亲人。把这当作一个练习，从而学会安抚他人。

**这本身是一种重大的能力。人在相互的安抚慰藉中，得到继续前行的力气，哪怕是只言片语。**

*也许我这一生，总是会梦见大树在一夜长成，*
*而我在风的中间大声叫着飞着。*
*也许我会梦见葡萄藤子碧绿碧绿地，*
*无比真实地笼罩在童年里我的头顶。*

## 梦中有院子，院中有葡萄树

很多年前就知道了日本动画大师宫崎骏的名字。不过，我是在香港电影里看到的。

有一个漫画作者，被老板要求作一幅画，没灵感了？来来来，我给你带了十几盒宫崎骏的录像带，学学人家找点灵感。

一大一小的两个女孩子，惦记着在医院休养的妈妈。到农村过夏天。在农村里，爸爸一开始根本没有察觉两个孩子发现的秘密。晚间的风吹过来，凉凉的，晚上做了一个好梦，梦到肥胖的龙猫来了。一起站在小花圃前，龙猫吹了一口气，一根小树苗萌芽，一起吹气，萌出的芽飞快长大。惊讶狂喜里，一起使劲吹，种子慢慢长成了参天大树。那么巨大的树木，茂盛得像是大瀑布。然后孩子们跟着龙猫一起在空中飞起来。向下看去，田地里有最新鲜的蔬菜，野外的绿色，是这部电影的主调。

看了宫崎骏的动画片，我又做了一次童年时候的梦。

我还记得自己幼年在乡下的梦，我梦见葡萄的藤子一夜之间爬满了墙壁，然后爬满了整个农家的院子，甚至爬到房间里，一直到我的床前，而我醒了看见无数葡萄，开心得大吃特吃。原谅我，我从小就是个好吃的孩子。

看《龙猫》的时候，这个梦一下子窜到我的心里。我再次梦见自己有一个院子，院子里长满葡萄藤。夏天硕果累累，枝头都是玛瑙珠玉，我大吃特吃起来。

这个梦，我从来没有丢弃，只是临时收藏起来了而已。那段生活，一切那么清新，却又遥远。

我不可能去旧日乡下的老家，躺在夏天冰凉的地上，再一次甜甜入梦，那么奇异的画面，也又入梦来。

我深知我已经依赖城市，离不开这种生活了。

**也许我这一生，总是会梦见大树在一夜长成，而我在风的中间大声叫着飞着。也许我会梦见葡萄藤子碧绿碧绿地，无比真实地笼罩在童年里我的头顶。**

也许晚年，我的节奏慢成蜗牛，我的欲求消磨殆尽，我的身体只需要最基础的代谢，那个时候，我会住到郊区去，种起葡萄树。

*但这一刻蕉叶绿得可喜，*
*这一刻花香清凉，这一刻雨声轻响，*
*眼耳鼻皆有享受，已经是人间至大的福气。*

## 芭蕉碧绿，栀子雪白

人生的忧愁和畏惧都源自渴求。无求时亦无惧，这是得失从缘、心无增减的本意。

夏天，落雨，我留在家中。

坐在椅子上，侧身看窗外的雨。

雨继续下着，直到深夜。我忍不住就会想到，蕉叶碧绿，在夏天的雨中，格外可喜，但秋后就会枯萎。美人蕉一侧的栀子花开了，一团雪白，很快又会凋零。

**但这一刻蕉叶绿得可喜，这一刻花香清凉，这一刻雨声轻响，眼耳鼻皆有享受，已经是人间至大的福气。**

我专注地欣赏那碧绿与雪白。

专注的片刻，进入物我两忘。

夜里雨停了之后，忽然极为寂静。大约有一两分钟时间，心无杂念，一片澄明。无所思，无所忧，无所乐，无所求。

然后其他意念纷至沓来，读小说，听音乐，挂碍种种心底的事。

人生就算够运气活够百年，去掉头尾年少懵懂，去掉焦心忙碌的痴呆，去掉睡眠，大概只有寥寥可数的时机获得这种空明的状态。

如果不是一场雨，我忙碌工作外出，哪里注意得到家门口的鲜明颜色，美丽动人。

生而为人，应该拥有这样的独处时间，否则来人间一趟，全是终日奔波苦，一刻不得闲，未免太可惜。

人生走到如斯境地，所比较的不再是荣耀与拥有，而是融化心中黑暗的能力。我的心中一片漆黑，却愿为你亮如白昼。

*见天地，见众生，都不难。聪明的人，*
*多读些书，多经历一些事情，就懂了。*
*最难的反而是见自己。*

## 人生是一场认识自己的修行

一个人要如实地认识自己，很不容易。最常见的情况就是，自我认知和他人的印象完全脱节，甚至是矛盾的。

比如我从前是一个瘦子，大风中摇晃的那种。又是个作家，被说成是斯文白净。所以我对自己的认知是这样的：一个文质彬彬的白面书生。

后来，因为我太喜欢美食，吃着吃着就胖了。

但是我没有更新自己的认知，我还以为自己是一个文质彬彬的胖子。

有一次经过长沙的明清老街，走进一家银匠铺子，看见项链做得拙朴可爱，就看中了一个款式。我特意挑选了一条银质的。我觉得自己可以做一个文质彬彬的银链胖子。我不选金链子，因为觉得不大文雅。

然后赴宴席的时候见到一个朋友。他看着我，愣了，抬手抱拳说，“大哥，以后你要罩着小弟我。”

我也当场愣了。“你喊啥？我？大哥？”我完全不敢相信这一点。拿出手机，自拍一张照片，发了一条朋友圈求验证。

之后，我总是收到了来自各方朋友的点评：

“大佬，带我飞。”

“叔，我腿软了。”

“霸气！”

“那犀利的眼神。”

“表情好凶狠，别打断我胳膊。”

……

我觉得他们是在跟我开玩笑。我让我身边的亲人诚实地告诉我真相。得到的答案是，你如果不开口说话，整个人看上去就是一个江湖大哥。除非说话的时候，才透露出是个斯文的作家了。

原来是真的啊！我的书生形象被岁月摧毁了。我感觉自己受到了一万点暴击。摘下银项链，换上衬衫和针织衫，戴上眼镜和手表。冬天了，再来一条围巾，齐全了。我再去问问我的朋友们。

他们说，“现在终于不像江湖大哥了，像有文化的大佬。”

真是醉人啊！这让我对自己产生了深深的怀疑。我会不会在其他方面也误解了自己。所谓举一反三，三省吾身，由此及彼。

比如，我一直觉得我从学生时代开始，就是一个沉默羞涩的男生，一个平凡的大学生。

老同学Z说，“得了吧，你看看你大学时代的经历。你拿了香港企业家设的奖学金，别人不过拿的校内奖学金。别人发文章啊，都是一些都市报，晚报。你也发表文章，却是《人民日报》、《光明日报》、《中国青年报》。”

“别的人加入学校社团，高兴得不得了。你加入的是湖北省法学会，还是最年轻的会员。你上了中央大报，别说辅导员了，系里的领导都看到了。你都把别人的风头不知道压到哪里去了。你很讨人厌。”

“别的同学拿了一个省诗歌比赛一等奖，天天晒。你拿了个特等奖，还不以为然随便丢到一边。”

可是在我的记忆当中。我埋头写作，特别内向。不好意思跟同学们打交道，一直待在宿舍里面。

老同学Z就说，“过度的谦虚就是骄傲。”

同样的事情，在不同的人眼里，原来极为不一样。

让我好好回想一下，弹指光阴似箭，飞快过去。我已经大学毕业十二年了。更多的记忆浮出水面。我想起来，当时一个寝室的同学小川，特别喜欢买《新周刊》。

他跟我说《新周刊》才是真正顶尖的杂志，中国第一个采用卫星摄影图片的高级大刊，全彩铜版纸，厚厚的。你看你写的那些寒碜的文学杂志，薄薄的，黑白印刷，纸质也差。

那天晚上我写了一篇“打倒《新周刊》的十个理由”。一个星期后，《新周刊》刊登了。小川同学买了新鲜出炉的杂志，在上面看到了我的名字，懵了。

话说回来，小川同学还是个很可爱的好室友，我又不想彻底招他恨。有的时候，小川同学也带我玩儿，教我新鲜的电子产品知识。于是我又写了一篇列举《新周刊》优点的文章，署上他的名字。后来，他在这本杂志上看见他自己的名字。

他问我咋回事？我说，“你不是喜欢这本杂志嘛，我就给你弄了一下这个。”

我愿意多想想他的好，而不是他的可恶。我主动示好，让我们继续做相亲相爱的好室友。

**人总是在有了年纪阅历之后，才懂得思考反省。回顾过去，审视自己，才能发现山高月小，水落石出。否则，很难看清自己是一个什么样的人。**

这些年，我做过主编，出了很多畅销书，上各种榜单，拿各种奖，出席各种活动，当中都有酸溜溜的话，背后又该遭多少人骂？

后来我终于发现，其实自己是一个有脾气的人。人不犯我，我不犯人。招惹我了，我会被激怒，马上怼回去。

但我平时又是一个温顺的人，吃软不吃硬。对我好的人，我愿意对他更好，甚至牺牲自己的利益，我也容易原谅别人。

原来，我不怕别人对我恶劣。因为我会被激发斗志，越战越勇，来啊！谁怕谁？但我很怕别人对我好，我会柔软地一塌糊涂。

我终于明白，我的优点就是我的软肋。

我不是一个博爱的人，我对朋友和敌人分得很清楚。我也不是一个纯洁单一的人，我更加能够容忍黑白地带中间的灰色人性。

我愿意说真话，写打破偏见的文字。但我也对自己特别不喜欢的人，冷眼旁观。我的人生经验极其丰富，我会觉得可怜之人，必有活该之处。我又愿意帮助身边的人，我还真做了不少帮助别人，损害自己利益的事情。

最近去电影院看北极熊的动画片，影片末尾北极熊飞向天空。明知道那是煽情的老桥段，还是不争气地又哭了。

我觉得吧，**见天地，见众生，都不难。聪明的人，多读些书，多经历一些事情，就懂了。最难的反而是见自己。**

我们活在世上，需要一点一滴的修行，慢慢学会如实地看见自己。先如实地接受自己，对待自己，在此之上，再来让自己进化成更好的人。

*友情不同于亲情的血缘绑定，不同于爱情的身心融合，*
*友情需要彼此投缘，还需要日积月累，呵护信任，*
*让对方觉得你是靠谱的。*

## 同学和朋友隔着银河

毕业以后，难免有同学聚会。小学中学大学，毕业多年再聚首。总会引发各种故事。今天说说我那些老同学的故事。

去年我出了很多书，年底出版的那一本很受欢迎。这时候发生了一件奇妙的事儿。在同学微信群里面，有个大学老同学突然呼唤了我，晒书给我看。

我当时连忙说谢谢，感谢你的大力支持。但是心里面却觉得怪怪的。老同学嘛，彼此从年轻时候一起长大的，我就没发现他是个爱学习爱读书的人，突然买起文学书籍，我不敢相信自己的眼睛。他居然买我的书，这太反常了。

有句老话神准：事出反常必为妖。

尤其是他晒书，发了五六张照片出来。有张照片还带着当当网购物的包装。有点此地无银三百两。

然后我到微博上一搜索，我果然没猜错，他是盗用了一个外省的女读者的图片。我认真地比对了一下，完全一样。然后，我忍不住哈哈大笑！

但我没有揭穿他。因为他只是骗了一下我的感情，并没有骗我的钱，也没有骗我的时间精力。至少还哄我开心了一下，表示出了在乎你这个人嘛！同学是著名作家，可以用来吹吹牛嘛！

十年前一次中学同学聚会碰头，遇到了当年的同桌。当时我还天真幼稚，聊得热火朝天，交换了电话和工作单位。

很快他就找到了我办公室，问我买不买人寿保险。他那锲而不舍、金石可镂、坚持不懈、纠缠不休的干劲，想起来我都欲哭无泪。

另外有一个姓张的大学同学，在杭州某个大学上班，突然加上我QQ，我纳闷，平时根本不熟啊！但他突然找到我，请我帮忙。我问他，要帮什么忙？他信誓旦旦说一定请吃饭！先答应他。

原来，那一年研究生要毕业了，研究生院的院长要发言讲话呀！这事儿就交到他头上了，还要他写得有文采。这家伙根本不会写什么文章，更别谈有文采了。

谁稀罕一顿饭啊！我没兴趣。但他苦苦哀求，我一时心软就答应了。我花了两个晚上的时间，倒腾了一篇毕业致辞，发给他。

还有个姓王的大学同学，毕业之后那两年，继续浪荡，吃喝玩乐，工作也不找，家里给的钱全都花光了，学校附近租的房子也到期了。他家断了他的生活费。

不知怎么，他居然就能找到我，向我借钱。朗朗乾坤青天白日的，我还第一次见到有人明明家里不缺钱，却饿得脸色苍白，浑身发抖。

这钱，我当然是借了。然后，当然也是没有然后了！

某一天也是意外又碰到他，我问了他一句，“啥时还钱？”他一脸诧异，“怎么？我找你借钱了吗？”

好吧。我的钱，大概是借给鬼了。

所以请大家记住，凡是平时跟你老死不相往来，一出现就找你借钱帮忙的同学，百分之百有诈，赶紧直接拉黑。

难道我的大学同学全是奇葩吗？也不是。有的老同学默默地买了我所有的书，每本都不漏，但平时并不会特意晒给我知道。是我偶然翻朋友圈发现的。

还有的老同学，雅兴来了，忽然就顺丰快递给我寄了一包新茶尝味。很自在随性，有点王献之“雪夜访戴，乘兴而来，兴尽而归”的意味。没见到人，无所谓。不碰面，也无所谓。千里寄茶一份心。

他们都是我在大学时候，就厮混在一起，参加文学社，喝啤酒吃火锅，写诗聊天的人！原本就从同学关系，上升到了朋友的关系。

同学之情，只是友情的一个分支，归类在朋友里面。在一个学校同窗读书，纯属意外。能成为好朋友的，是极少数。

青春的记忆，总是戴着滤镜。教学楼、图书馆、共同的老师，相同的校园风景，一起郊游，一起考试，一起吃大食堂，回忆起来，让人心里特别柔软，特别容易放松警惕。

但凡闹哄哄的同学聚会，往往没什么真正的感情。这样的同学聚会，都是表演的舞台，和竞争攀比的战场，以及拉关系的饭局。

平时连名字都记不住，忽然酒桌上兄弟伙亲热得不得了，这也是反常。一段真感情的同学关系，肯定是一对一的往来，成为比较好的朋友，哪怕淡淡然，那也是真的。

我讲这种过来人的真实经历，无非是给还没毕业的你们，一点参考。别太把老同学这种关系当回事，与之往来，要小心谨慎，防火防盗防老同学。

人要变成好朋友，需要通过时间对彼此的检验。最低底线是不会骗你的感情骗你的时间精力，还骗你的钱。

**友情不同于亲情的血缘绑定，不同于爱情的身心融合，友情需要彼此投缘，还需要日积月累，呵护信任，让对方觉得你是靠谱的。**

同学和朋友之间，隔着银河。没有上升到朋友关系的老同学，跟陌生人没区别。

*我很高兴，已过而立之年，我仍然想哭就哭，不在乎别人的目光。
我真心希望，每一个人，在失去童年变成大人以后，
还能在想哭的时候就哭，不必强忍。*

## 愿你想哭的时候，哭出来

人有笑点，也有哭点。

哭原本是人类收到的礼物当中最好的之一，冰心曾经说过一句话，有泪可挥，不觉悲凉。

还能倾诉发泄，本身就是一种幸运。

成年人很多时候心中有了委屈，痛苦难受。遇到悲伤的时候当然也很想哭。但是哭泣实在是一件不方便的事情。不适当的场合，不适当的人面前，没法哭出来。

女性们哭一哭，大家不觉得反常。男人要是动不动流眼泪，他身边的人恐怕都觉得受不了。

因此我们得借助于很多的东西，来达成哭这一行为。

一个人去电影院，在漆黑的场所当中，放映的又是一部很感人的片子，那简直太好哭了。

还有一些特定的职业。喜欢哭，不会觉得太害羞。比如多愁善感的诗人作家，凭借着职业优势，爱哭反而是细腻的表现。

日本作家里面有一些极端心理敏感。比如我很喜欢的川端康成，坐火车的时候，看着玻璃窗上的反光倒影，心里面想着无法得到的恋人，他也要哭一哭。他写的小说，人物也都纤弱到一定境界，《伊豆的舞女》结局里，大学生告别了舞女后，在黑暗的船舱里哭。幽暗之中，特别适合啜泣。

还有一个风靡多年的杜拉斯，在《情人》的最后一幕写离开了中国情人的法国女孩，在轮船里哭。

在我的人生当中，有时候也会突如其来流眼泪的时刻。在我20多岁的时候，有一天坐公交车，路过一所大楼旧址。不知道怎么回事，突然想起少年时代的一个同学。那个同学非常平凡，我跟他也只是同班。偶尔说几句话，并不算太熟。可是一想到他年少患病去世，就觉得生命太过于无常，不免为他叹一口气。

还有一回，坐在飞机上。望着窗外面的云朵，无数光线耀眼明亮，突然想到我那只跑掉的猫。它还没有跑掉之前，就喜欢趴在卧室的窗台上，看到我回家走过来，马上立起身，以最快速度跑到门口迎接我。

老实说，我一度怀着恨意。我对它那么好，我吃过的美味海鲜，再昂贵，都带给它一点。它也是那么依恋我，为什么会突然消失叛逃？

它之所以会突然跑掉，原因也很简单。我问过了猫咪专家。专家告诉我，母猫会为了她的孩子，让出地盘。

听到这个理由的时候，我简直如同五雷轰顶。动物也有这么惊人的母爱。我含着眼泪，点头微笑。我原谅了它的背叛。

此后每每想起它，都有落泪的冲动。

还有一次是回到母校，做一个专场诗歌朗诵会。

那天晚上的灯光布置得刚刚好，夜色当中，黄色的灯光，温暖又宁静，就像是在咖啡馆里一样。来的同学们都很乖，不吵不闹。

我是一个特别自私的人。我自私到了这种程度：不想浪费一点点的生命，用来做那些形式主义的，不知所谓的官方讲座，那太无聊了。

我从来不邀请领导嘉宾，也从来不在乎规格大小，更不在乎来了多少人。所以，我总是在自己的讲座上，只讲短短的时间，把绝大部分时间留给来的人。

我想跟这个世界上千奇百怪的人聊天。我想听见真实的人说话，说出他自己的内心。

什么都安排好了，那就毫无意思。

开场的时候，放了我自己写的歌《想起》，一切都特别有感觉。当我坐在台上的椅子上，我的脑海里立刻就冒出一个念头。太舒服了，如果在这个舒服的大房间里面，还有人为我读诗，那就更好了。

我就是这么一个贪图享受的人，不然怎么会日渐吃胖。而且我很懒，压根就没想自己读诗。

于是我反过来，让二十多个同学，给我念了诗。有中国的，有外国的，有古代的，有现代的。

让我意外的是，有一个同学站起来，忽然念了一段我的文章里的句子。那篇文章叫《孤独的解药》，她读的那一段，恰恰是我心中最感伤的部分。我瞬间就被戳中了泪点，哭了。

我很庆幸，我是个作家，稍微拥有一点任性自我的特权。

**我很高兴，已过而立之年，我仍然想哭就哭，不在乎别人的目光。**

**我真心希望，每一个人，在失去童年、变成大人以后，还能在想哭的时候就哭，不必强忍。**

# 后记

## 念念不忘，必有回响

有一次，看了一部很沮丧的电影，让我颇为唏嘘。那是《金刚狼》结局篇，氛围特别丧，描绘真实的生老病死，英雄迟暮，无限狼狈，世事充满无常。

很巧，在那个时候，收到了读者吴桐桐的来信：

想跟你说，感谢你的文章，陪我一路成长。

高二时无意间读到你的文章《地球只有一个我》，摘自你的散文集。当时，只觉得你的文笔很吸引人，对待人生起落沉浮，别有一番见解。

后来，时光的脚步匆匆，进入高三，那本刊登你文章的杂志，早就不知道被塞在了什么地方。

那时候，一心沉入高考的奋战中。只是，事情总不会如我们想的那般美好。一模，二模，以至于高三整个上学期，我的成绩一直在下降，连我的班主任都问我，“你到底怎么了？”

或许，这在现在看来，不是什么大事。但在那时候，莘莘学子都在为高考奋战，都期盼着通过高考走出我们那个封闭的小城。成绩一落千丈大约就等于梦想破碎的声音吧。

成绩跌落得最厉害的时候,我整天浑浑噩噩的，感觉自己的身心已经被掏空了，有时候甚至会想，从我们的教学楼上跳下去会怎么样。当然，也只是想想。

可是就在那时候，在自己都要放弃的时候，无意间又翻见了你的那篇文章。你告诉我，去经历生命中的一切，体味酸甜苦楚。一切的一切，都是为了让自己的生命更加丰满而有意义。我把那篇文章裁下来，贴在摘抄本上，每次遇见所谓的挫折或者自己懈怠的时候，都会翻出来看一眼，于是高考奋斗，被赋予了更有意义的意义。那是我高三的精神食粮。

后来，六月份全城高考，七月份填报志愿，九月份进入大学。改变的东西很多，但是，不变的却是那种去勇于尝试、经历一切的精神。

现在我在大学的校园里，知道还有更美好的未来需要我去奋斗。谢谢你，陪伴我度过了苦涩的高三。

我想，这大概就是文字里的光热。念念不忘，听见回响。

这也是一个作家所能获得的，最高的奖赏。

宋皇帝赵恒有几句话特别有名，“书中自有千钟粟，书中自有黄金屋，书中自有颜如玉。” 这种态度其实是正确的，实用的。但是，它有局限性。如果你读书，赚不到钱，找不到美女，也得不到很多食物，怎么办？

还是要读书，因为书里还有更高的人生意义，等着你去领会。千百年来，所有的聪明才智，都在书里了，等着每个人自己去发现，搞明白，然后长大，变得聪明，去成就自己。

有些读者小时候跟我说，“叔，你有的文章我看不懂。”

多年以后，在微博上找到了我，给我发私信，很激动地告诉我，“沈嘉柯，我终于明白了当初你的故事表达的意思了。”

我回答：“我等你很久啦，好吗？”

**人凭什么勇往直前？就凭人只有一次生命。当你明白了一切欢喜苦难都有尽头，不过如此。那就向死而生，继续活下去。岁月何足惧，光热再微小，自会在文字中长存。**

你明白了，不计得失，不理毁誉，心里想要的，那就倾尽全力去争取。但行好事，莫问前程。

把莎士比亚的两句诗，送给你们：

Work hard for one day and you will get a good sleep

for one night.

Work hard during the whole life, and you will go to Heaven.

勤劳一天，可得一日安眠；勤奋一生，可得永远长眠。

**沈嘉柯**

**2019年5月**